比加尔克●鲍里斯教授医学博士 (Professor Boris Bigalke, MD)

火星金字塔的英吉玛(Huǒxīng jīnzìtǎ de yīngjí mǎ)

比加尔克●鲍里斯教授医学博士 (Professor Boris Bigalke, MD)

火星金字塔的英吉玛(Huǒxīng jīnzìtǎ de yīngjí mǎ)

比加尔克•鲍里斯 (Boris Bigalke)

教授医学博士、工商管理硕士(英国牛津)、法学
硕士 他是本杰明-富兰克林校区德国心脏中心(DHZC)
心脏病学、血管学和重症监护医学
诊所的主治医师兼DGK心脏磁共振成像鉴定中心主任。

此外，他还从事中医、传统藏医和瑜伽运动理论等辅助医疗工作。

比加尔克教授是内科专家，拥有心脏病学、针灸学、营养医学
DAEM/DGEM®和磁共振成像等专业和附加资格。

在柏林自由大学攻读医学专业后，他在图宾根埃伯哈德-卡尔斯大学继续他的科研
和临床生涯。随后，他在美国纽约阿尔伯特-爱因斯坦医学院 LIJ
医疗中心接受了外科培训，在中国北京世界卫生组织合作中心学习了中医，
并在印度喜马偕尔邦达兰萨拉的曲萨西藏治疗中心学习了中医。

在长期研究逗留期间，他还曾在伦敦国王学院 (King's College London) 影像科学
与生物医学工程系担任助理教授/荣誉讲师。他还在英国奥克斯福德的大宪章学院
完成了工商管理硕士 (MBA) 医疗保健管理专业的学习，
并在德累斯顿国际大学完成了 法学硕士 (LL.M.) 专业的学习，主修医疗法。

2021 **年**，Bigalke **教授申**请成为欧洲航天局（ESA）**的宇航**员。在 22500
多名合格申请者中，他是德国前 100**名候**选人之一。然没有成为宇航员
，但他一直对太空旅行和我们的邻近星球火星着迷并深受启发。

他是《ESC心力衰竭》杂志的副主编、各种医学期刊的审稿人，发表了130多篇经
同行评审的科学论文。比加尔克教授当选为 2021年 FOCUS-Gesundheit 心脏运
动医学类德国顶级医生，2023 年和 2024 年高血压和营养医学类德国顶级医生。

比加尔克●鲍里斯教授医学博士 (Professor Boris Bigalke, MD)

火星金字塔的英吉玛：

红色地平线的回声

(Huǒxīng jīnzìtǎ de yīngjí mǎ:

Hóngsè dìpíngxiàn de huíshēng)

通讯地址：

Professor Boris Bigalke, MD, MBA (Oxford, UK), LL.M.

Klinik für Kardiologie, DHZC – Charité Campus Benjamin Franklin

Hindenburgdamm 30, D-12203 Berlin, Germany 德国

德国国家图书馆的书目信息：

德国国家图书馆将该出版物在德国国家书目中；详细的书目数据可在互联网上获取

可通过 http://dnb.dnb.de 访问

对作品进行自动分析，以获取 特别是有关模式、趋势和相关性的信息

根据 UrhG 第 44b

条（《文本和数据挖掘》），禁止对作品进行自动分析，以获取有关模式、趋势和相关性的信息。禁止使用。

本书由医学博士鲍里斯-比加尔克教授翻译自德文原版，书名为：《Das Rätsel der Marspyramide: Echos vom roten Horizont》

Publisher: BoD • Books on Demand GmbH, In de Tarpen 42, 22848 Norderstedt

Print: Libri Plureos GmbH, Friedensallee 273, 22763 Hamburg

ISBN: 978-3-7597-5880- 4

献给所有希望获得火星灵感的人！

目 录

引言

火星：拥有丰富历史和文化遗产的红色星球

火星是太阳系中距太阳第四颗行星，千百年来一直吸引着人类的想象力。火星因其独特的红色外观而被称为

"红色星球"，它一直是夜空中的显著特征，在历史上的各种文化中都扮演着重要角色。

与美索不达米亚的联系

公元前 3500 年左右生活在美索不达米亚的苏美尔人是已知最早进行天文观测并将其记录在案的文明之一。苏美尔人观测了当时已知的五大行星（水星、金星、火星、木星和土星），并给它们起了名字。火星以他们的战神命名为 "涅伽尔"。

与古埃及的联系

在古埃及，火星被称为 "她的德舍"，意思是

"红色的"，这直接与火星的颜色有关。埃及人对火星的轨道进行了细致的追踪，这有助于他们对天体力学的理解。埃及首都开罗的名称（阿拉伯语：الـ قاهرة，发音为 "卡希拉"）确实与火星有着有趣的联系。

"卡希拉"这个名字的意思是 "征服者"，是这座城市在公元 969

年建立时被命名的。建城时， 火星正 在天空中升起，取这个名字是为了反映火星的影响力，并象征力量和胜利。

古希腊和古罗马的阿瑞斯或火星

火星的红色也影响了古希腊人和罗马人。希腊人以战神的名字将其命名为"阿瑞斯"，象征其血红的颜色以及与战争相关的暴力和破坏。同样，罗马人也以自己的战神之名将其命名为
"马尔斯"，反映了他们在文化上对武功和征服的重视。这种命名习惯一直延续到现代，火星在文化符号中继续唤起冲突和侵略的主题。

除了神话和文化意义之外，火星一直是科学探索的焦点。火星与地球的异同使其成为研究行星形成、气候和地外生命可能性的主要候选地。

提修斯-博德定律和失踪的行星

18 世纪，提提乌斯-博德（Titius-Bode） 定律 是一条 经验 法则，它暗示了行星与太阳距离的规律，预言在火星和木星之间应该存在一颗行星。当天文学家在那里没有发现行星，而是发现了小行星带时，他们提出了一个假设：行星可能曾经存在过，但被摧毁或未能形成。

小行星带包含无数小天体，它们围绕太阳运行，位于火星和木星之间。小行星带中最大的天体是谷神星、灶神星、帕拉斯星和海吉星，其中谷神星被归类为矮行星。小行星带的总质量仍然远远小于地球月球的质量，这表明如果那里确实存在行星，那么它的体积一定相对较小。

撞击火星？

小行星带中一颗被摧毁的行星可能会对火星造成灾难性的影响，这种想法很有趣，但主要是推测。 理论上有几种可能发生这种情况：

小行星撞击

如果小行星带中的行星遭到破坏，其碎片可能会与火星相撞，造成大面积陨石坑，并可能影响火星的气候和地质。火星表面有大规模撞击的痕迹，如希腊盆地和阿盖尔盆地，这可能与此类事件有关。

引力扰动

小行星带中行星大小天体的毁灭可能会产生重力扰动。这些扰动可能改变了小行星和彗星的轨道，增加了撞击火星和其他内行星的可能性。

大气和地质影响

大型小行星的反复撞击可能会导致火星大气层的消失和磁场的破坏，而这两者对于维持稳定的宜居环境都至关重要。

火星上的生命和生活

研究火星最有说服力的理由之一是寻找水和生命。过去液态水的证据，如干涸的河床和遇水形成的矿物质，都表明火星曾经拥有适合生命存在的条件。迄今为止，各种探测任务都旨在发现火星上是否存在过微生物生命。

德雷克方程和费米悖论

德雷克方程和费米悖论是讨论宇宙中地外生命和智慧文明概率的核心概念。德雷克方程是用来估算银河系中可能有能力与我们交流的技术先进文明的数量。但其中的许多参数仍然具有很大的不确定性，而且是基于估计值。

相比之下，"费米悖论"指的是地外文明存在的高概率（基于德雷克方程和宇宙的广阔）与缺乏与这些文明接触的明确证据之间的明显矛盾。

费米悖论的一些可能解释包括：

稀土假说：复杂的生命极为罕见，地球上产生生命的条件是独一无二的。

大过滤器：
生命发展过程中有一个或几个阶段是极不可能的，因此很少有文明能达到发送星际信号的程度。

自我毁灭：
科技文明往往会在实现星际通讯之前自我毁灭（例如，通过战争、环境破坏或其他灾难）。

与世隔绝和交通不便：

星际文明可能会故意与外界隔绝，或者在技术上无法发送或接收信号。

技术限制：

我们的技术可能不够先进，无法探测或识别来自其他文明的信号。

时间差：

文明可能已经存在或即将存在，但由于时间相隔太远，所以它们的信号还没有到达我们这里，或者已经过去了。

火星地球化：将红色星球改造成新地球

火星是人类未来探索的主要目标，因为它距离地球很近，而且具有宜居的潜力。火星地球化的主要目标是创造一个人类能够生存和繁衍的环境。这包括提高火星温度、增厚大气层、引入水和氧气。使火星变暖的一种方法是在大气中引入二氧化碳（CO_2）、甲烷（CH_4）和碳氟化合物等温室气体。这些气体将捕获来自太阳的热量，从而提高火星的温度。另一种方法是在环绕火星的轨道上放置大型反射镜，将阳光反射到火星表面，直接提高火星温度。加热极地冰盖可以释放出大量的水，形成湖泊，也可能形成河流，从而创造出更类似地球的水文循环。

将火星变成第二个地球不仅是一项不朽的科学事业，也是人类智慧和愿望的深刻体现。

机组成员的名称和简历

在并不遥远的未来，当地球上的科技奇迹达到顶峰时，联合火星探险队将目光投向了那个令人类魂牵梦绕了几个世纪的深红色球体。

人类站在了最伟大冒险的悬崖边上。六名从全球各个角落精挑细选出来的宇航员，踏上了重新定义人类生存的危险旅程。他们的目的地是 火星--这颗神秘的红色星球，它的秘密诱惑了几代人。他们的背景各不相同，性格也相互冲突，形成了一个不稳定的组合。

为这次史无前例的火星任务挑选六名宇航员的过程并不寻常。团队中的每一位成员都是经过精心挑选的，不仅因为他们拥有卓越的技能，还因为他们在极端条件下的适应能力、创新能力和协作能力。这次任务需要各种人才的独特融合：科学敏锐性、工程技术能力、身体耐力，以及最重要的，面对未知的心理承受力。

这六名宇航员的旅程早在他们踏上火星之前就已经开始了。首先是严格的训练和不屈不挠的选拔过程，这不仅考验了他们的能力，也考验了他们作为一个团队的决心和团结。他们不仅仅是同事，更是一个大家庭，共同的使命将他们紧密联系在一起，探索未知，揭开火星的神秘面纱。

他们的精英选拔不仅证明了他们的个人能力，也证明了他们作为一个有凝聚力的团队的潜力。每名成员都能带来独特的东西，而他们在一起，又比他们各部分的总和更强大。当他们开始执行这项开创性的任务时，他们带着人类的希望和梦想，准备好以勇气、创新和团队精神面对前方的任何挑战。

他们旅程的开始标志着太空探索新时代的到来，这将考验人类耐力和智慧的极限。这次旅行有望带来重塑我们对宇宙认识的发现。正是这支由六名

宇航员组成的精英团队站在了这一不朽探索的最前沿，随时准备创造历史
。

让我们深入了解他们的旅程！

指定（国籍）：

哈里斯●约翰指挥官（美国）

职位：

任务司令员

职责：

任务的全面成功，机组人员和航天器的安全

生平特点：

作为一名经验丰富的空军飞行员，哈里斯●约翰指挥官是一位不折不扣的领导者。他是一名功勋卓著的军官。他在一次交通事故中失去了妻子，这至今仍让他耿耿于怀，但在他的军旅生涯中，他经历了许多悲惨的打击，在这些打击的帮助下，他很好地度过了难关，甚至变得更加坚强。在他魁梧的身材下，隐藏着一颗渴望到地球以外冒险的心。

头衔（国籍）：

克拉克●艾米莉博士（英国）

职位：

飞行员，大副

职责：

航天器的主要控制、科学分析和地质学实验

生平特点：

克拉克●艾米莉是一名经验丰富的飞行员，也是团队的地质学家。她在火山学领域发表了大量论文，并获得了大量研究基金。她是一个书呆子，一生都以结果和目标为导向。她决心揭开隐藏在火星表面之下的秘密，或许也是隐藏在她个人表面之下的秘密，因为她还没有找到生活伴侣。

头衔（国籍）：

彼得罗夫·伊万医学博士（俄罗斯）

职位：

医生、二副、副驾驶

职责：

船员保健、飞船辅助控制

生平特点：

彼得罗夫·伊万**是一名医生和**军事飞行员，拥有健美的身材和忧郁的气质。他在**德国完成了医学博士学位。他**拥有外科医生和心脏病专家双重身份。他很有天赋，能用古典吉他充满激情地演奏传统民乐，这让人了解到他忧郁的俄罗斯灵魂。他的过去留下的伤疤，即使是广袤的火星地貌也无法抹去。

头衔（国籍）：

李威博士（中国）

职位：

任务专家

职责：

对史前考古遗迹进行具体的任务解释

生平特点：

李威是一名工程师和语言学家，她打破了人们对她的刻板印象。她身材娇小，但意志坚定。她曾是奥运会射箭冠军。她精通八种现代语言，还精通苏美尔语和古埃及语等古典 "死"语言。她能轻松破译古代象形文字，揭开过去的神秘面纱。为了保持身体平衡，她经常练习少林功夫。

头衔（国籍）：

杜波依斯•索菲中校

（法国）

职位：

飞行工程师、副驾驶员

职责：

航天器的技术维护、辅助控制

生平特点：

杜波依斯•索菲中校是一名直升机飞行员，

拥有工程专业的大学文凭。她是正道空手道黑带二段，掌握了全部 27

个套路（规定的影子拳动作）。她像飞蛾扑火一样被火星的奥秘所吸引。

头衔（国籍）：

米勒•克劳斯教授（德国）、

职位：

科学官员

职责：

外生物学的科学分析和实验

生平特点：

米勒•克劳斯教授是一位生物学家和化学家，他留着光头，其貌不扬。他是开发治疗抗药性病原体新方法和寻找促进长寿研究方法的先驱之一。由于受过人文主义教育，他精通拉丁语和古希腊语，还能说五种现代外语（德语、英语、西班牙语、普通话和俄语）。由于他精通文言文，他自动拥有了与李威接触的特殊渠道，反之亦然。那么，这是否有更大的潜力呢？他刚毅的外表下隐藏着对生命--地球和外星生命--理解的激情。

飞船描述

让我们深入了解一下这艘飞船的细节，它是一艘先进的星际穿梭飞船。它被命名为"战神地平线号"，以纪念古希腊战神的名字--罗马挂件"火星"。

飞船设计

"战神地平线"飞船采用了一种结合了磁力原理和反作用力轮的尖端推进系统。下面是它的工作原理：

磁力推进：

太空船的船体上有一系列强大的电磁铁。这些磁铁与地球磁场和太阳风相互作用。

通过调整这些磁铁的极性，战神地平线号可以在不使用传统推进剂的情况下进行机动。它可以吸引或排斥附近的天体，改变姿态，甚至旋转--所有这一切都无需消耗燃料。

离子推进器：

- 对于长时间的星际旅行，战神地平线依靠离子推进器。

- 这些发动机将离子（通常是氙气）加速到高速，产生高效推力。

- 离子推进最大限度地减少了燃料消耗，延长了飞行任务的续航时间。

反作用力轮：

"战神"号配备了一套精密设计的反作用力轮。这些陀螺仪装置允许航天器通过改变角动量来改变方向。

当乘员需要调整飞行轨迹或稳定飞船时，反作用力轮就会旋转起来或减慢速度，对飞船施加扭矩。

该系统无需使用传统的推进器，从而减少了质量，简化了操作。

人造重力环

环绕 "战神地平线 "中心枢纽的是一个巨大的旋转环，被恰当地命名为

"重力环"。下面是它的工作原理：

离心力：

重力环以恒定的速度旋转，产生离心力，为里面的宇航员模拟重力。

当宇航员从中心向外移动时，他们会受到越来越大的引力。在重力环的外缘，重力接近地球引力（1 g）。

这种逐渐过渡的方式减轻了重力急剧变化带来的不适感。

生活区和实验室

重力环内设有生活区、实验室和娱乐区。每个部分都呈放射状，居住者可以沿着内表面行走。

由于离心力的作用，重力环的地面成了 "向下 "的方向，给人一种熟悉的重力感。

乘员在这样的环境中运动、进食和睡眠，在漫长的太空任务中保持身体健康。

工程挑战

建造重力环需要先进的材料，以承受巨大的旋转压力。

工程师们小心翼翼地平衡重力环，以防止晃动或振动。

内核保持静止，容纳指挥中心、推进控制和生命支持等关键系统。

指挥中心和舰桥

指挥中心位于静止的内核中，内设关键系统：

导航：

先进的星体跟踪器、雷达和光学传感器引导战神地平线号在太空中航行。

通信：

高频收发器与地球和其他航天器保持联系。

驾驶：

全景视窗允许乘员在手动操作时观察天体。

生命支持和可持续性

战神地平线 "计划优先考虑机组人员的福祉：

制氧：

基于藻类的生物反应器通过光合作用产生氧气。

水循环：

过滤系统净化废水，确保可持续供应。

水培：

船上的花园提供新鲜的农产品和舒适的心理环境。

应急系统：

逃生舱：

这些小型逃生舱分布在船体各处，可在发生严重故障时迅速撤离。

辐射防护罩：

可展开的防护板可在星际旅行中抵御太阳耀斑和宇宙射线。

结论

"战神地平线号 "代表了人类工程技术的巅峰--

一艘流线型的先进飞船，架起了沟通世界的桥梁，打破了地心引力的限制，承载着六名宇航员的希望，随时准备揭开火星神秘的面纱。

第 1 章：出发

倒计时在控制室里回响，每一个数字都是期待的鼓点。哈里斯•约翰指挥官穿着整洁的制服，站在指挥舱的中央。他的目光扫过一排排显示器，每个屏幕上都显示着重要数据--
聚变引擎的状态、生命支持系统以及将把他们带出地球的轨道。

在他身边，红发地质学家　克拉克•艾米莉博士调整了一下眼镜。她的手指在星图上描绘着火星的轮廓。

"我们真的要这么做，"她喃喃地说。"离开我们的家"

俄罗斯医生兼飞行员彼得罗夫•伊万博士点了点头。他的下巴紧咬着，透露出兴奋和紧张的交织。他说 "去深红色的世界"

身材娇小的中国工程师兼语言学家李威博士检查了通讯阵列。

"我们的家人，"她低声说 "他们在看"

杜波依斯•索菲中校杜波依斯•索菲中校博士，这位身材苗条、喜欢冒险的法国女人，捻了捻她的一绺金发。

"冒险在等着我们，"她说 "还有超乎想象的神秘"

米勒•克劳斯教授，这位光头的德国生物学家和化学家，紧握着他的笔记本。

"他说，"我们的任务就是揭开这些谜团"

发射

龙门缩回，战神地平线号显露出来。光滑的船体在刺眼的泛光灯下熠熠生辉。船员们把自己绑在加速沙发上，心跳与倒计时同步。

伊万报告说："引擎启动。"

哈里斯指挥官握紧了扶手。"点火，然后......升空！"

聚变引擎轰鸣着启动，蓝色的火焰吞没了发射台。地球引力释放，战神地平线号升空--一支银箭划破长空。

宇航员们感觉到熟悉的压力把他们推到了座位上。

艾米丽呼吸急促。

威的指尖节变得发白。

索菲哼起了曲子--一首她祖母常唱的法国民谣。

克劳斯潦草地记录着，捕捉着他们上升过程中的原始数据。

伊万呢？

他咧嘴一笑，肾上腺素在血管里激增。

"我们要走了，"他说。"把一切都抛在脑后"

空中俯瞰

为了这一刻，队员们已经训练了几个月。现在，他们终于做到了！

随着大气层的稀薄，地球的蓝色球体也在缩小。宇航员们解开束缚，漂浮在微重力环境中。

艾米丽把脸贴在视窗上。

"看，"她低声说 "我们的家"

克劳斯和她一起说 "是的，它太美了，如此蔚蓝的美景
真遗憾，我们还在这样的宝地上发动战争，造成环境污染。政客们一定要到这里来重新考虑他们的行为。"

艾米莉很高兴能与克劳斯分享她的印象。她喜欢和他在一起，在地球上执行训练任务时就已经感受到了这一点。然而，他仍然头脑冷静，冷静地对待自己的情绪反应--这种情况会持续下去吗？

威也欣赏着这令人窒息的美景，但也注意到了艾米丽和克劳斯的亲密无间。她无法理智地解释为什么这会让她感到困扰。她抹去了这个想法，臣服于失重的感觉。

现在，她开始翻筋斗，笑声回荡在耳边。

"我们失重了，"她说。"就像宇宙舞者"

索菲也加入了她的行列，开始旋转。

"下一站，"她说，"火星"

第2章：长途旅行

尽管推进技术不断进步，但地球与火星之间的旅程仍需 6 到 9 个月左右。这次任务的时间段是根据地球和火星之间的最近距离（即所谓的对冲）来选择的，对冲大约每26 个月发生一次。然而，由于两颗行星轨道的椭圆性质，每次对冲的距离都不相同。最近的对冲被称为近日对冲，发生在火星接近近日点（其轨道上离太阳最近的点），而地球接近远日点（其轨道上离太阳最远的点）的时候。这种近日对冲大约每 15 到 17 年发生一次。在长途旅行中，宇航员会受到来自两个主要来源的宇宙辐射：

银河宇宙辐射：由来自银河系其他地方的高能粒子组成，主要是质子和较重的离子。这种辐射持续存在，难以屏蔽。

太阳粒子事件：
当太阳向太空喷射大量带电粒子（主要是质子）时就会发生。这些事件难以预测，会产生特别强烈的辐射爆发。

宇宙常规：工作

科学研究：

艾米丽花了几个小时分析从地球带回的火星流星的岩石样本。

她对矿物成分进行了细致的编目，并寻找火星地质历史的线索。

生物学家克劳斯研究宇宙辐射对微生物的影响。他的培养皿漂浮在实验室里，揭示了即使在太空中生命的顽强生命力。

工程维护：

威修补了飞船的系统。她重新校准传感器，确保聚变反应堆平稳运行。她瘦小的身躯挤在狭小的空间里，工具包漂浮在她身边。

导航和航线修正：

哈里斯指挥官和伊凡合作进行了轨迹调整。他们计算行星周围的重力弹道，优化燃料消耗。他们的对话融合了物理学和直觉。

休息和娱乐

睡眠周期：

船员们遵守严格的睡眠时间表。在光线昏暗的船员宿舍里，他们漂浮在睡

袋里，被拴在墙壁上。在混合重力状态下，他们梦见了地球--
熟悉的面孔、长满青草的田野。

虚拟现实

索菲逃进了虚拟世界。她在数字海洋中游泳，攀登像素化的山峰，与亲人的化身共舞。现实与模拟之间的界限越来越模糊。

阅读和电影

伊凡沉浸在经典的俄罗斯文学作品中。托尔斯泰的《战争与和平》漂浮在他身旁，被他小心翼翼地翻动着。

艾米莉则在看地球上的老电影--怀念他们已经离开的那个世界。

友情

共同进餐：

厨房成了他们的公共中心。

威准备炒面，克劳斯煮咖啡，索菲讲述法国咖啡馆的故事。他们谈笑风生，交换记忆，品尝冻干美食。

个人日志：

每位宇航员都有一本电子日志：

哈里斯指挥官记录了领导力方面的挑战，艾米丽写了关于火星日落的诗歌，威则记录了她的梦境--外星风景的奇异幻象。

学习会：

在固定的日子里，除了哈里斯指挥官，其他成员都会给其他人讲授自己的研究领域和经验。虽然他毕业于军事学院，拥有军官军衔，但他并不是一个典型的研究人员或科学家。因此，他更愿意在这些会议上充当主持人。

音乐

伊万的吉他声在走廊里回荡，成为他们旅程的核心。他弹奏着忧郁的曲调、民歌和即兴的旋律。船员们聚集在一起，漂浮着，闭着眼睛，沉醉在音乐中。有时索菲会唱歌，她的歌声优美动人。但索菲也唱无伴奏合唱，比如古老的海谣或法国香颂的轻快曲调。

艾米莉以地质学家的精确度，在船体上敲出节奏，把飞船变成了一个即兴架子鼓。

威，她的手指在无形的琴键上舞动，用中国民谣的节奏谱写出天籁之音。

克劳斯则在宁静的夜晚，用他的实验室设备--烧杯当钟，吸管当笛--即兴创作和声。他们的音乐将各自不同的文化交织在一起，创造出跨越光年的宇宙交响乐。

索菲和伊万完美地合奏在一起。

观星：

在实验和计算之间的宁静时刻，船员们聚集在观测穹顶。地球，一个遥远的蓝色球体，日渐缩小。火星，地平线上一个微红的斑点，在向我们招手。艾米莉对星座惊叹不已--

几个世纪以来，正是这些星星指引着水手们漂洋过海。她指着猎户座、大熊座和南十字星。相比之下，伊万则分享了宇宙的故事--

世代相传的故事。他们在恒星之间描画出想象中的线条，将自己的旅程与古老的神话联系在一起。

零重力运动：

宇宙飞船的微重力为游戏活动提供了条件。

身材娇小的小玮翻了一个完美的筋斗，她的笑声在金属走廊里回荡。有时，她会和索菲一起切磋和练习亚洲武术；威练的是少林功夫，索菲练的是正宗空手道。

克劳斯毫不费力地漂浮在空中，尝试踢单车和半空中翻筋斗。他们玩改良版的足球、篮球，甚至花样游泳。哈里斯指挥官负责裁判他们的比赛，偶尔也会加入零重力扣篮。

索菲向大家发起了零重力竞赛的挑战，她的好胜心并没有因为太空的浩瀚而减弱。此外，**她**还能激励伊万一起学习武术，她是空手道黑带高手，而伊万则是体系术专家。他们两人似乎是一个很好的组合，不仅仅是在音乐领域。他们之间的默契显然在不同层面上都很好。他们简直是亲密无间……

心理压力

战神地平线号在太空中急速飞行，船员们在这些简单的快乐中找到了慰藉
。

然而，随着几周变成几个月，孤独感侵蚀着他们的心灵。地球成了遥远的
记忆，成了一个淡蓝色的小点。他们想念雨、风和泥土的味道。

伊万向索菲倾诉："我梦见白桦树。"

她点点头，理解了这种痛苦，并补充说："我还想念大海的波涛声、鸟儿的鸣叫声和大自然母亲的味道。

索菲觉得有必要拥抱伊万。她小心翼翼地靠近伊万，伊万也任由她拥抱。这个拥抱对两人来说都很好。伊万对索菲说："你知道，这样做可以释放拥抱荷尔蒙催产素，所以我们都会很快感觉好起来。不过，如果多巴胺和血管加压素也被释放出来的话，我们的拥抱可能会很糟糕，那我就不敢保证了。"他对她眨了眨眼睛，苏菲短暂地笑了笑。

索菲的确很快就感觉好了起来，但她掩盖了一个事实，那就是她现在正体验着熟悉感和内心的亲切感。
难道是多巴胺和血管加压素已经起作用了吗？
这一切只是一个简单的生化解释，因此，真的只是荷尔蒙反应吗？
不管怎样，她都很享受这一刻，把忧郁的思绪抛到了脑后。

就这样，她们紧紧地拥抱在一起--**她**们的宇宙家庭--
在共同的笑声、低声的倾诉和遥远的火星之约中找到慰藉。

第 3 章：演讲会

如前所述，在从地球到火星的漫长飞行过程中，机组人员有一个有组织的计划来打发时间。其中一个固定日期就是演讲会。

目的地:火山考察

今天轮到艾米丽发表她对目的地的地质看法。

"请系好安全带，我们的飞行目的地是 Cydonia Mensae"，艾米莉开始了讲座。

"这听起来不像是海滨度假胜地吗？我等不及要享受阳光、海滩、饮料和棕榈树，还有加勒比海背景音乐了。"克劳斯插话道。

"这一点我必须让你失望了，克劳斯"，艾米莉回答道。"火星上的赛多尼亚地区位于火星的北半球，处于火山口严重的南部高地和较为平缓的北部平原之间的过渡地带。"

"对了，赛多尼亚这个名字是怎么来的？"伊万问道。

艾米莉停了一会儿，说 "嗯，呃......"

克劳斯马上来帮忙，因为他在高中时接受过古典语言教育：

"Cydonia " 这个名字源于古希腊语， 指克里特岛上的基多尼亚城（今夏尼亚）。

在希腊神话中，Kydonia 与一种后来被称为榅桲的水果有关。

艾米丽脸上泛起红晕，略有感触地继续说道："不过，这个地区的特点是有mesas（两侧陡峭的平顶丘陵）和buttes（类似于mesas，但面积较小）。例如，地球上犹他州的纪念碑谷也有山丘，而且经常被用作原始美国西部电影的取景地。"

"你傲慢的语气显示出一种对我们文化遗产时代的不尊重。"哈里斯指挥官有些玷污了荣誉。

"好吧，英国的历史只是更加深厚，而且古老得微不足道，不是吗？"艾米丽反驳道。

"我抗议"，小威插话道，"在我们在座的各位当中，中国的文化历史绝对是最悠久、最丰富的。"

"是的，你们俩说的都对。别介意，继续吧"，哈里斯指挥官朝艾米丽点点头。

艾米莉继续讲道："据信，赛多尼亚地区的这些地貌是由风、水以及可能的火山活动造成的侵蚀作用形成的"。"她把下面的图片投射到墙上："我们这次任务的目标区域是下面这座火山及其周围地区。

苏菲从睡梦中醒来，问道：

"你怎么能这么肯定这是一座火山 而不是流星撞击的陨石坑呢？"

艾米丽回答说："这确实是一个非常好的问题"。她接着说

"在地质学中，我们首先要看形状和对称性：

一方面，火山通常呈圆锥形或盾形，坡度平缓。它们有一个中央开口或火山口，称为山顶火山口。另一方面，撞击坑通常呈圆环状，边缘尖锐，通

常隆起，内部可能有一座中心山或中心隆起，这是由撞击的反弹效应造成的。"

"嗯，这很有可能。所以这是一座火山"，索菲回答道。

"没那么快，因为我们还得看看周围的伴生物质"，艾米丽对她说。"火山周围通常有凝固的熔岩流和火成碎屑沉积物。这些物质可能呈放射状分布在火山周围。在撞击坑周围经常会发现由喷出物质形成的喷出岩毯和次级火山口。这些物质通常是杂乱无章的，呈同心环状分布在火山口周围。

克劳斯带着调皮的神情，又抛出了一个问题：

"但你肯定会有"三件事都很迷人"的第三个方面，不是吗？

"克劳斯，承认吧，你偷偷翘掉了化学和生物课去学地质学"，她朝他眨了眨眼睛。

克劳斯也向她眨了眨眼睛。她几乎觉得他在调情。但她可能错了。

艾米莉又重新振作起来，又展示了一幅色彩斑斓的现场图片，然后又开始背诵起来：

"嗯，还有光谱分析：

光谱分析可以提供有关地表矿物成分的信息。火山通常显示出玄武岩等火山岩的证据，而撞击坑则可能显示出撞击所暴露的更广泛的物质。通过将这些方法结合起来，科学家可以精确地确定火星上的某一地貌是源于火山还是由陨石撞击形成的。

她继续展示了另一张三个陨石坑的分割图。

艾米莉继续指着左边的陨石坑说：

"奥林匹斯山：一座高约 22

千米的大型盾形火山……"，她停下来继续强调："美国人的13.7英里"。

"哈里斯指挥官恼火地回答说："是啊，是啊，我们总是因为 1999

年的火星气候轨道器事件得到这个消息。

由于航天器软件团队之间的单位转换错误，轨道器被摧毁。具体来说，导

航小组使用公制单位（牛顿-秒）进行计算，而对照组则使用英制单位

（磅-秒）。这一差异导致飞船进入火星大气层的高度比计划的低得多。

艾米丽露出了胜利的微笑，尽管她不得不承认，英国人也曾长期拒绝采用

公制。她继续说道：

"奥林帕斯山的顶部有一个宽而浅的火山口。这种形状和熔岩流是典型的

火山活动"。

然后，她指着中间的图片解释道：

"与之形成鲜明对比的是盖尔陨石坑：这是一个撞击陨石坑，中间有一座

山（夏普山），边缘尖锐，呈阶梯状，是典型的撞击结构。"

"明白了，"克劳斯插话道，"但中间图片中的陨石坑和右边的有什么区别？
"

"你真没耐心，克劳斯！"

艾米莉笑着回答。"那既不是火山，也不是撞击坑，而是平果。平果是永久冻土地区地下水上升结冰后形成的冰雪覆盖的山丘。乌托邦星（Utopia Planitia）是发现类似平果地貌的地区之一，

它是火星北半球的一个大平原。"

"但我们来这里不只是为了火山"，伊万喃喃地说。"否则，李女士也不会坐在这里，对吗？"

威趁机开口："当然，这是关于根据新的卫星和陆地探测器成像数据再次推测的史前金字塔文明遗址和"火星上的脸"。显然，我们已经被欺骗了很长时间，无法面对不想要的现实。事实是，这些新发现并不是简单的随机石头或山体形成。"

克劳斯热情地向威微笑着，艾米莉并没有注意到这一点。

她无法解释自己为什么会对克劳斯和威之间的非语言互动如此感兴趣，但不知为何，她很不喜欢这种互动。

她到底怎么了？她的内心充满了怨恨和埋怨。

艾米莉不得不收回了演讲的权杖：

作为一名地质学家，我不得不说，Cydonia Mensae 和 "火星面孔"之谜说明了人类对不明确的视觉数据进行解释的倾向，这种现象被称为"妄想症"（pareidolia）。虽然 1976 年 "海盗 1 号"轨道飞行器拍摄的最初图像助长了人们的想象和猜测，但随后的高分辨率成像和科学分析使人们对该地区的自然地质过程有了清晰的认识。

"好了，已经很晚了。谢谢你对地质学的深入了解和你的英伦魅力。明天威老师会给我们做一个关于吡咯烷酮和古代文化的讲座。我很好奇威老师

会如何开阔我们的视野。晚安！"

哈里斯指挥官说完这句话后，就径直向自己的宿舍走去。

他看起来确实很疲惫。今天的例行系统检查对每个人来说都是艰苦而疲惫的。因此，其他人也都没有大惊小怪，迅速向自己的宿舍走去。

艾米莉想看一眼克劳斯，但他已经专心致志地上床睡觉去了。

索菲从椅子上站起来时，和伊凡撞了个满怀。两人都笑了，眼睛里都闪烁着点点火花。绅士般的伊万让苏菲先过去。苏菲又转过身来，带着诱惑的眼神，然后有目的地走向自己的床铺。伊万感到很幸福，这种感觉他渴望了很久。

金字塔

第二天晚上是威老师的讲座。船员们聚集在一起聆听她的演讲。

艾米丽自欺欺人地认为自己对克劳斯和威的互动漠不关心。不过，她故意坐在克劳斯的对面，以便仔细观察他们之间的反应。

索菲又坐在了伊万的身边。

坐下时，她不小心碰到了伊万的胳膊。她带着害羞的表情，快速地说了一声"对不起！"。

伊万小声对她说："现在我们又碰到一起了。我们有磁性吗？

伊万迷人地朝索菲的方向眨了眨眼睛，但为了不让其他船员注意到，他做得很谨慎。她也偷偷地眨了眨眼睛，他的嘴唇湿润了。他们之间发出了轻微的噼啪声。

威开始了她的演讲，内容如下：

"金字塔，尤其是古埃及的金字塔，是人类历史上的不朽成就，代表了早期文明在建筑、工程和组织技能方面的顶峰。这些巨大的石头建筑主要是为法老和其他重要人物建造的陵墓，几个世纪以来一直吸引着历史学家、考古学家和游客。

威向观众展示了第一张古典埃及金字塔的图片。

克劳斯突然问道：

"关于金字塔的目的和意义，我们现在究竟知道了些什么？"

威转身直接问克劳斯：

"我们现在认为，金字塔的主要用途是作为法老和社会精英的陵墓。人们认为金字塔是来世的居所，可以确保死者的安全和永生。金字塔是大型建筑群的一部分，这些建筑群包括神庙、供王后使用的小型金字塔以及供贵族使用的玛斯塔巴（陵墓建筑），所有这些建筑都是为了支持法老的来世之旅"。

克劳斯评论道：

"嗯，这是找到长寿和永生的关键所在"。

伊万转向克劳斯，表示同意：

"是的，关于寿命的医学仍然充满挑战。克劳斯，你明天能给我们讲讲你的科研成果吗？"

克劳斯笑了笑：

"当然可以，如果你们到时候不会无聊死，认为我还没有获得诺贝尔奖，不够格的话。"

艾米莉向克劳斯笑了笑。她喜欢克劳斯的幽默。

哈里斯指挥官作为主持人插话了：

"请威老师继续。"

威说道：

"金字塔的内部通常装饰着复杂的雕刻和《死者之书》中的文字，意在引导死者度过来世。墓室里有法老的石棺和各种随葬品，包括珠宝、食物和工艺品，目的是供国王来世使用。"

"在卢克索附近的国王谷发现了法老的陵墓，埃及金字塔中的墓室理论不是受到质疑了吗？"，克劳斯插话道。

艾米丽幸灾乐祸地对威说。

威冷静沉着地回答道：

"金字塔是法老陵墓的理论并不一定是错的，尽管后来的许多法老都葬在卢克索附近的国王谷。要理解这一点，就必须认识到埃及丧葬习俗的历史发展和王陵建筑的演变。但这已经超出了本节课的范围，而且会分散我的注意力。

克劳斯耸了耸肩。归根结底，他无意怀疑威的能力或试图超越她。但他并不担心威。最重要的是，他甚至不得不暗自承认，他觉得一个好斗的女人的性格很有吸引力。

但他来这里并不是为了和女人约会，他完全献身于科学。至少他是这么告诉自己的，以此作为自我保护或盔甲。或者说，他也应该允许有感情吗？那不是等于软弱吗？

克劳斯的胡思乱想被威又一次提高的声音打断了："问答题：
我们在这里看到了什么？

她放映了下一张幻灯片。

伊万立刻评论道

"我喜欢这座金字塔的建筑风格"。

卫纠正了伊万

"错了，这是金字塔，不是金字塔！"

"那有什么区别？" 伊万反问道。

威解释道：

"金字塔因其独特的阶梯式设计而有别于其他古代建筑。与埃及平滑的金字塔不同，金字形塔是由一系列相继变小的平台堆叠而成，形成阶梯状外观。

美索不达米亚古城，尤其是现代伊拉克和伊朗境内的金字形金字塔，是由一系列层叠的平台组成的阶梯式金字塔。

金字形塔基通常为长方形或正方形，每一层都向内退缩，形成阶梯式金字塔。金字形金字塔的核心结构使用晒干的泥砖，而外部则通常使用烤砖，以抵御风雨。这些砖块用沥青固定在一起，沥青是一种天然存在的焦油状物质，具有额外的防水功能。这些建筑建在美索不达米亚的古城中，特别是在今天的伊拉克和伊朗，主要具有宗教功能。每个城市都有一座金字形神塔，作为城市神灵的庙宇。其中最有名的是乌尔的金字形神塔，供奉的是月神南娜。金字形神塔象征着圣山，被视为连接天地的纽带。这些建筑不仅是宗教中心，也是社会和政治权力中心。管理金字形神塔的祭司在城邦管理中发挥着核心作用。不朽的金字形神塔是城市得到神灵支持和繁荣的明显标志。

现在，威继续用下一张幻灯片进行讲解。

"我猜，这是另一座金字塔，对吗？"

伊万向前走去。苏菲拽了拽伊万的胳膊。

威微笑着回答：

"又错了，伊万。这是玛雅金字塔。

在中美洲，尤其是在玛雅和阿兹特克文化中，还建造了兼具宗教和政治功能的金字塔。这些金字塔，如玛雅奇琴伊察城或阿兹特克特诺奇蒂特兰金字塔中的金字塔，通常是祭祀和供奉神灵的庙宇平台。

中美洲金字塔通常与天文和历法有关。它们是天文台，其方位和结构深受天体运动的影响。金字塔象征着神圣的地理和代表世界秩序的宇宙山"。

带着一丝犹豫，威展示了她的最后一张幻灯片。

她忍不住对艾米丽说了一句尖锐的话，因为她还没有忘记昨天讲课时艾米丽充满敌意的评论和眼神：

"为了让那些不折不扣的地质学家们少受点挫折，我想这张图是不言自明的"。

艾米丽恶狠狠地瞪了威一眼。

他们之间到底是什么关系？

是科学上的竞争还是别的什么？

但艾米丽没有时间去想，因为她和在场的所有人一样，都被下面的幻灯片

震惊了：火星上有一座五边形的金字塔，天空中有两颗卫星。

房间里传出一阵杂音。

索菲呻吟着："Mon dieu！"克劳斯几乎同时说："我的上帝！"

"是的，这不是假的，这确实是一张火星金字塔的确认图片！这张照片是由最近的中国陆地探测器拍摄的。这张图片被列为最高机密——

绝密！尽管我们各国政府之间存在政治分歧，但国际太空探索活动仍在顺利进行。政府层面已经达成一致，不让公众知道这些新发现"。

克劳斯第一个回过神来，问道：

"这是不是和古埃及金字塔有些相似？"

艾米莉向克劳斯点了点头，似乎想给他以支持，尽管他肯定不需要这样做。

威回答说：

"没错，但与此有很大不同。火星金字塔是五边形的，这在地球上的同类建筑中是闻所未闻的。此外，我们还在扭曲的图像上发现外侧有一种象形文字。图像质量太低，无法获得清晰的解读视野。"

威停顿了几秒钟，开始说下一句话：

"现在你们都知道我来这里的目的了吧。"

大家都迫不及待地想从这里听到更多。你可以听到一根针掉在地上的声音。

短暂的五秒钟休息之后，所有人都鼓起掌来。就连艾米丽也无法拒绝。

哈里斯指挥官站了起来，在他的船员面前发出警告：

"山姆大叔给我下了命令，要我保守机密，并根据需要向你们提供信息。"

"山姆大叔？为什么没有通知我们欧洲人？"，艾米莉困惑地说。

"欧洲人？英国人什么时候开始认为自己是欧洲人了？你们总是投机取巧，三心二意。你们永远不会下定决心成为第 51
个国家或属于欧洲"，索菲恼怒地说道。

克劳斯为他的欧洲同行出谋划策，说道、

"尽管如此，更重要的是，为什么我们从一开始就不了解这件事呢？我同意艾米丽的看法，欧洲人可以花很多钱，但却不能做主。显然，我们在这里只能被视为运水人"。

当克劳斯提出 "我同意艾米丽的看法
"时，艾米丽的脸上又泛起了红晕，就像她昨天所经历的那样。

现在，哈里斯指挥官觉得有义务提供更多信息：

"我完全能够理解你对这种情况的不满。但是，在这里已经说过和将要说的都是严格保密的。你们不得向国内的亲友提供任何信息。根据你们的个人记录，你们中没有人结婚或有孩子，因此信息泄露的风险很小。

"你凭什么对我们下达封口令？据我所知，你们在这里没有任何管辖权。"
伊万反应过来，他到现在为止一直保持着明显的沉默。"别虚伪了，伊万"，克劳斯说。"否则你就不会在昨天艾米丽的演讲中 说威的作用了"
他又说了一遍，克劳斯的嘴里说出了艾米丽的名字。

艾米丽激动不已。

"那就承认吧，伊万。你之前已经通过你们的情报部门得到了消息"，克劳斯继续说道。

"伊万反驳道。克劳斯对此不予置评，只是报以诡异的微笑。

现在，哈里斯指挥官再次发言：

"好吧，我欠你一个解释。中美两国政府有一项秘密协议，即在不可避免的情况下，不透露有关此次任务真正目的的任何具体信息。是的，现在已经到了这一步。我现在重新措辞：我向大家道歉

我恳请你们暂时不要向外界提供任何信息。我们应该发表经过深思熟虑的声明。任何泄密行为都可能对我们、任务控制中心和我们的政府造成伤害，因为他们将不得不应对新的微妙局势。因为谁也无法想象这对我们的地球会产生什么样的影响：宗教世界观崩溃，暴乱爆发，政府被推翻，社会可能陷入混乱。因此，我们的责任重大。牢记后果"。

天色又晚了，大家在短暂的告别后直接回了宿舍。这次，伊万和索菲之间、克劳斯和艾米丽或威之间甚至连打情骂俏的余地都没有了。这次开创性的讲座和接下来的讨论让每个人都很兴奋。有些人在即将到来的夜晚患上了睡眠障碍。他们的大脑需要处理太多的新信息。对有些人来说，这是世界观和宗教观的震撼，尤其是对天主教徒苏菲来说。当神圣的创世故事受到质疑时，这对天主教徒和许多其他宗教派别的信徒来说是一个重大问题。

此外，法律上的对抗也让他们中的大多数人感到困惑。根据所有主要航天国家都已批准的 1967 年《外层空间条约》（Outer Space Treaty，简称 OST），包括火星在内的外层空间不得以任何方式被国家占有，各国将重新拥有对其注册的空间物体和人员的管辖权和控制权。尽管哈里斯指挥官是这次任务司令员，但实际上责任在于各国，不能被他人推翻。

然而，谁才是这里真正的负责人，以及无处不在的信息保密，造成了一种不信任的氛围。花瓶破裂了，谁也不知道能否修复，团队建设能否恢复。

象形文字

第二天，船员们在自动模式下工作，直到晚上的演讲会。

尽管飞船过道上的情绪很冷淡，但伊万和索菲之间，以及艾米丽和威对克劳斯的感情之火重新燃起，并不断闪烁，但到目前为止还没有来自克劳斯的方向。

当所有人都就座后，哈里斯指挥官首先发表了如下声明：

"亲爱的伙伴们，经过昨天的揭露和批评讨论，我再次表达我最深切的歉意。

为了恢复大家对我的信任，我早些时候已经和威谈过了，我们得出的结论是要向大家展示全貌。我的意思是，你们现在可以知道所有的事情了，我真的是说 "所有"，没有任何秘密被遗漏。

«我完全理解你们的顾虑，你们可能会对我、对彼此、对我的领导产生怀疑。你们现在可以质疑我的命令。但是，这里的利害关系是为了一个更伟大的目的，远超你们任何人的想象。虽然我们相识的时间很短，但我愿意把自己的生命托付给你们每一个人。因此，我只想请你们表现出一点信心»(在业内人士看来，他在最后几句话中引用了一位科幻传奇人物的话，这位传奇人物在很多方面都与他十分相似) 。"

哈里斯指挥稍作休息，重新开始演讲："克劳斯，很遗憾，我不得不请你今晚的长寿讲座改期，因为我们愿意一雪前耻，给大家一个全新的开始。"

克劳斯点点头，表示理解：

"完全没问题。我已经迫不及待地想知道山后还留下了什么。我们开始吧！"

哈里斯指挥官转向威，张开手向她指了指通往发言席的路：

"请吧！去吧，威！"

威喘息着，开始了她的演讲：

"我亲爱的同伴们，我亲爱的朋友们。是的，我们遇到了困难。然而，对我们大家来说，可能很快就会面临更大的挑战，因此，我希望问题能够尽快得到解决，因为我们实在没有时间在这里进行内心的冲突。"

索菲偷偷抓住了伊万的手，伊万也就任由她的手摆布。伊万感到索菲在害怕，她在寻找一种保护。

"多亏了德国光学技术的帮助"，威微笑着对克劳斯说，克劳斯善意地点头微笑着回应，艾米莉的鹰眼依然没有注意到这一点，"我们已经能够在这些重建的图片上直观地看到石刻的增强图像。"

克劳斯的古典教育背景让他一眼就认出了碑文并将其归类，因此，他迅速脱口而出："这看起来很像楔形文字"：

"这看起来很熟悉，是楔形文字"。

威咧嘴一笑，通过克劳斯此时的评论，她感受到了一种相互的崇拜。

她做出了相应的回答：

"是，也不是。我知道这看起来很牵强，但事实上，火星铭文部分与苏美尔楔形文字有关，也与古埃及象形文字有关。为了找到合适的译文，我的重新研究小组已经思考了很长时间"。

现在，她在电子黑板上写下了几个字符和/或象形文字，继续她的独白：

"苏美尔语和埃及语之间的关系是历史语言学中一个有趣的话题，尽管这两种语言并没有直接的联系。苏美尔语和埃及语都是已知最早的书面语言之一，具有各自独特的书写系统和语言特点。下面将详细介绍它们之间的关系和主要特征：

苏美尔语是一种孤立的语言，这意味着它没有已知的亲戚，不属于任何语系。它在古代美索不达米亚地区使用，该地区相当于今天的伊拉克南部。

相比之下，埃及语属于非洲-亚洲语系，特别是被称为埃及语言的分支。该语系还包括闪米特语言（如阿拉伯语和希伯来语）、柏柏尔语、库希特语和乍得语。古埃及人讲埃及语。

苏美尔人在公元前 3500-3000 年左右发明了楔形文字，这是最早的书写系统之一。楔形文字是最早的书写系统之一，它使用触笔在泥板上书写楔形标记。

古埃及人大约在同一时期发明了象形文字。象形文字是刻在纪念碑上和写在纸莎草纸上的图像符号。

语言特点是苏美尔语是聚合语，而埃及语是……"

哈里斯指挥官打断了威的话：

"威，请让在座的各位都能理解，说重点。"

威已经确信，她的报告对语言学家专家听众来说是合适的，但对具有不同学术背景的多国宇航员来说就不合适了。因此，她跳过关键的象形文字，开始了讲解：

"在这里反复发现了三个火星象形文字，它们与苏美尔语和古埃及语中的下列词语有些相似：

1.　　　Djed 　是一个古埃及象形文字。Djed的视觉表现通常是一个垂直的柱子，顶端有四条横杠，就像一棵风格化的树，或者是有一系列横杠的柱子"。

索菲插话说"从工程师的角度来看，我觉得这很像一个塔架"。

威回答并继续说道：

"虽然我们可以看到 Djed 柱和望远镜塔在视觉上有相似之处，
但没有任何历史或考古逻辑证据支持古埃及人将 Djed
柱作为技术装置的说法。传统的和被广泛接受的理解是，Djed
石柱是深深植根于古埃及神话和文化框架中的一个宗教符号。Djed
柱象征着稳定和力量的概念，通常被解释为奥西里斯神脊柱的代表，奥西
里斯神与来世复活和永生有关。此外，它还象征着王权的复兴和宇宙的稳

定。在苏美尔文化中，楔形符号 ▶ 象征着 " Me "的概念，它是 Djed
象形文字的挂件，代表着稳定、力量和耐力。

" Me "是基本的法令或神圣的原则，支配着存在的各个方面，
包括自然世界、人类社会和宗教习俗。这些原则被认为是神赐予的，是维
持宇宙秩序和稳定的内在因素。伊南娜和恩基的神话是苏美尔神话中突出
" Me "的重要性的一个例子。在这个神话中， 爱与战争女神伊南娜
来到埃里杜城，从智慧之神恩基那里得到了 "Me "。这个神话揭示了这些
神圣原则在维护宇宙和社会秩序方面的重要意义。

虽然 "Djed "柱和 "Me"的概念来自两种不同的古代文化， 但它们
都象征着稳定、连续性和神性秩序在各自的神学和世界观中的重要性。

2.　　　这个 Djet ⌐象形文字 描绘了一只手持太阳盘的人类手臂，
象征着一个时期或时刻的概念。它可用于与时间相关的词语，如 "小时

"或 "时刻"。苏美尔语中的 "ĝeš" ◇ 可以代表时间或周期的概念。
这也符合最新的时间观。

虽然我们习惯于用现代物理学和语言来观察时间的线性流动，但循环方面似乎更有智慧。因此，一些文化以循环的方式描绘时间，而不是从 α 到 Ω。"

克劳斯毫不犹豫地评论道：

你说的 "时间之轮 "是指玛雅文化或西藏唐卡上的
"时间之轮"，还是指中国的 "时间之轮"？

尽管威对克劳斯深表同情，但最后一句话还是让她有点恼火，因为她认为这是德国人对她的冒犯或侮辱。

然而，艾米莉却为克劳斯对威的批评暗自高兴。

出身外交世家、习惯于政治挑衅的威继续列举象形文字，不紧不慢地说："西方人无法理解中国--句号。

3.　　　最后，内杰尔象形文字 代表古埃及文字 中的神或神的概念。在象形文字中，它通常作为一个定语或分类符号，放在神和女神的名字后面，以表示他们的神位。该符号描绘的是一个双臂上举的坐像，强调主体的神性和权威。在楔形文字中，八角星 是其符号，用作定语 "Dingir/Diĝir"。

索菲提出了一个岌岌可危的问题："光速与吉萨金字塔坐标之间究竟有什么联系？

威冷静地回答道："真空中光速约为每秒 299,792,458

米与吉萨大金字塔的地理坐标（北纬 29.9792°）

之间的所谓联系很可能是一种巧合，而不是古代科学知识或有意设计的迹象。虽然这是一个有趣的数字奇观，但没有可信的证据支持古埃及人在设计金字塔时考虑到了这一知识"。

现在轮到哈里斯指挥官主持和总结了：

"一旦着陆，我们就必须注意外星文物和技术，这是艾米丽和索菲的工作。此外，我们还必须做好遇到生物生命体的准备，这将是克劳斯和伊万的特殊任务。威会为大家提供密码破译的帮助。船员们的安全会有风险，但也有机会在探险家和航海家克里斯托弗-

哥伦布航行到新大陆之后，取得人类最大的发现"。

演讲结束后，尽管索菲的担心占了上风，但团队的情绪明显好转。

长寿

今天的日常工作顺利进行。然而，昨天的讲座却给了大家当头一棒。船员们似乎更加放松了，彼此之间建立起了信任和自信，以迎接新的挑战。

不过，大家现在都很期待克劳斯的讲座。尽管他可能不会对即将在这颗红色星球上执行的任务做出什么贡献，但他的演讲保证会成为一个受欢迎的解惑者。

克劳斯走上前来，用低沉、铿锵有力的嗓音发表了演讲，并使用了独特的声音调制和单词强调。人们几乎可以认为，这位教授是一位剧院演员。难怪威和艾米丽都为他倾倒。他首先强调了拟声词 "长寿"：

"长寿，一个人生命的长度，几个世纪以来一直是人类关注的焦点。医学、技术和生活方式的进步大大延长了现代社会的平均寿命。在众多长寿因素中，天然产品（从植物、动物和矿物质中提取）因其潜在的健康益处而发挥着至关重要的作用。这些天然产品包括草药、膳食补充剂和功能性食品等一系列物质，已被证明能够影响衰老过程，并促进更健康、更长寿的生活"。克劳斯停顿了几秒钟，继续说道：

"天然产品可以通过各种机制影响人的寿命。这些机制包括抗氧化特性、抗炎作用、增强细胞修复机制以及调节新陈代谢途径。"

克劳斯继续用幻灯片展示红酒、草药和鱼类的图片，以证明它们在动物和人体研究中的潜在益处。当他开始解释被称为 "长生不老药 "的 "绞股蓝 "或 "仙草

"的汉字时，他赢得了威的特别关注。威璎珞的坚冰终于被打破，她真的融化了。克劳斯表达了对中国文化和中国传统医学的热爱和赞赏：

"焦谷兰"（绞股蓝），常被称为 "南洋人参 "或

"长生不老药"，是一种攀援藤本植物，原产于中国和亚洲其他地区。几个世纪以来，它一直被用于传统中药中，被认为对健康有益，包括促进长寿。几年来，科学研究已经开始探索焦谷兰作用背后的机理，为其作为一种草药提高寿命和整体健康的潜力提供了证据"。

威璎珞非常希望自己能有机会在这次比赛中接近克劳斯，但她知道，在这场比赛中，她并不是唯一一个向艾米丽张望的选手。

克劳斯在讲座结束时作了如下总结：

"然而，一些国家的法律禁止使用食品补充剂和茶。此外，在质量、剂量、生物利用率和相互作用等实际问题上，也必须谨慎处理，以最大限度地发挥它们的益处，最大限度地降低风险。随着这一领域研究的不断深入，天然产品可能会越来越成为促进健康长寿战略不可或缺的一部分。

在场的每个人都被现代科学的可能性所吸引。很快，人的寿命就不再有任何限制。这不仅关系到长寿，还关系到生活质量。

伊万也一再赞同近年来医学的进步。归根结底，这也是他们能够完成目前这样的任务，首先要归功于脑力和体力的付出。

然而，最重要的是，船员们恢复了和谐，重新建立了团队精神。哈里斯指挥官向克劳斯表示感谢，并祝大家晚安。有一件事很清楚，那天晚上威会做一个非常特别的梦。她被深深地触动了，因为她很少经历过一个西方人对她的文化如此感同身受和理解。但这不仅是在理性和知识层面上深深打动了她，有人称之为

"无性吸引"，在情感上也同样令人感动。她的内心发生了一些事情，作为一个曾以 160 的智商赢得过高性能智力竞赛的 受精神控制的女性，

她再也无法控制自己的内心了。她从未体验过这种感觉，甚至在某种程度上感到害怕，因为她不再是她自己了。她从小就在无条件的自律中长大，无论是在家里还是在学校，她都不断地接受这样的教育。

但内心受到触动的不止她一个人。

艾米莉也被克劳斯的谈话深深吸引。虽然像威一样，她无疑是个彻头彻尾的科学家，但艾米丽的内心也受到了触动。与其说是讲座的内容，不如说

是元层面的。克劳斯的手势和面部表情，他低沉而温暖的嗓音所带来的震撼，都让她莫名地兴奋起来。艾米莉渴望有任何有利的机会接近克劳斯。但她总是害怕被他拒绝。她的性格绝对不同于索菲，索菲作为一个法国女人，有着无忧无虑的举止和性感的魅力。艾米丽无法解释她的英国血统。与法国女人相比，英国女人的性格更加矜持，但这也会破坏她们找到伴侣的机会。

无论如何，艾米丽第二天晚上肯定会做噩梦，如果她能睡着的话，因为她必须一直想着克劳斯。正如克劳斯在演讲中所提到的，这是否有利于她的健康和长寿，还有待观察。

第 4 章：爱情与竞争

初吻

从地球到火星的太空飞行是一首充满期待和孤独的交响乐。六名宇航员--
每个人都是宇宙中的一个音符--
在虚空中盘旋，他们的心与飞船引擎的轰鸣声遥相呼应。

索菲坐在观察窗旁，呼吸使玻璃上起了雾。地球，一颗遥远的蓝色宝石，
在她们身后渐渐隐去。伊万走了过来，他的脚步声在低重力环境下悄无声
息。

"很美，不是吗？"
伊万说，他的俄罗斯口音很轻。他棕色的眼睛里蕴藏着星系。

索菲把目光从星星上移开。"是的，但也很可怕。我们在太空中急速飞行
，离开了我们熟悉的一切。"

伊万靠得更近了，两人的呼吸交织在一起。"有时候，恐惧和惊奇是同一
颗彗星的两面。"

她笑了--
在无菌的机舱里，这是一种脆弱的声音。"彗星会燃烧。你觉得我们也会
燃烧吗？"

他伸手握住她的手，两人的手指交缠在一起。"如果我们找到自己的星座
就不会"

就这样，在星际夜晚的宁静中 他们分享着秘密 索菲讲述了她儿时的梦想--星尘和古老的奥秘。伊万坦言他害怕忘记地球的气息--

潮湿的森林、海水的咸味。

75

火星就在前方，苏菲的心怦怦直跳。伊万的嘴唇近在咫尺，整个宇宙都屏住了呼吸。她尝到了回收空气的味道，感受到了飞船摩擦皮肤的嗡嗡声。

"她低声问道："我们能活下来吗？

伊万的吻是一个答案--

点燃了渴望和可能性。他们的双唇相接，时间倒流。地球、火星和所有被遗忘的世界在他们周围旋转。

当他们分开时，索菲的脸颊红了。"她说："我们还在受伤。

"但现在，"伊凡回答道"我们在一起"

就这样，在星座和失重中，索菲和伊万找到了他们的轨道--一条违反重力和逻辑的轨道。爱，就像宇宙一样，没有界限。

宇宙飞船在星际虚空中嗡嗡作响，它的金属壁将船员们包裹在一个脆弱的泡沫中。索菲和伊万的爱情成了星图和口粮包之间的秘密。但是，秘密就像轨道一样，会发生变化。

伊万和索菲在工作场所掌握了谨慎的艺术。他们避开流连忘返的目光、窃窃私语的交谈和午餐时间的约会。在供应室里没有偷吻--只有职业友情。

在团队会议上，索菲会悄悄把纸条塞进伊万的口袋。一张折叠纸的一角画着一颗心--一个无声的承诺。

他们在咖啡机旁相遇，交换着暗号般的微笑。咖啡杯的温度反映了他们隐秘爱情的温度。索菲和伊万久久不愿离去，眼神中流露出共同的秘密。

船员们调整了一下情绪。有些人露出了会心的微笑，有些人则扬起了眉毛。威总是观察入微，向索菲眨了眨眼睛。

伊万和索菲的爱情成了公开的秘密--一颗彗星划过任务日志。

索菲和伊万在飞船的天文台找到了慰藉--

这是一个带圆顶的小房间，可以模拟夜空。星星一闪一闪地出现，它们的星座既熟悉又遥远。索菲描画着猎户座的腰带，手指拂过想象中的星尘。

伊万站在她身边，寒冷的空气中清晰可见他的呼吸。"你知道吗，"他说，"古人相信星星是灵魂。每一颗都有一个故事等待着被讲述。"

索菲靠得更近了。"我们的故事是什么，伊万？"

他犹豫了一下，然后握住了她的手。"我们的故事？就写在你解码工程算法时眼睛发亮的样子里。在零重力交配时，我记住了你微笑的弧度。"

索菲的心怦怦直跳。"但没人知道"

"没错。" 伊万的目光紧紧地盯着她。"我们的爱就像一颗彗星--一个天体的秘密。但彗星离太阳最近的时候燃烧得最旺盛。"

索菲的眼睛闪闪发光，就像天上的星星。"那么，如果我们靠得太近，会发生什么？"

伊凡轻轻一笑。"然后，我们会闪耀给所有人看，哪怕只是短暂的一瞬。因为那些瞬间，苏菲，才是宇宙的美丽所在。"

她叹了口气，既满足又渴望。"我一直在想未来，想下一步会怎样。"

伊万轻轻拂去她脸上的一缕发丝。"未来是个谜，就像我们描绘的星空。但在这里，现在，和你在一起，我知道这是一段值得走的旅程。"

索菲把头靠在伊凡的肩膀上，两个人站在一起，周围是无边无际的宇宙。观测站里的星星闪烁着明亮的光芒，映照着他们无声的承诺和梦想。寂静令人心旷神怡，与船上熙熙攘攘的生活形成了鲜明的对比。

"你觉得那里有什么？"
索菲低声问道，她闭着眼睛，想象着船外的广袤天地。

"可能性，"伊万轻声回答。"新的世界，新的体验。但无论我们去哪里，找到什么，只要我们拥有彼此，我们就永远有家。"

索菲点点头，感受到了他话中的真意。"答应我，我们永远一起追逐星空？"

伊凡在她的额头上轻轻一吻。"永远，索菲。永远。"

当他们站在那里，在彼此的怀抱中缠绵时，模拟的星星继续闪耀，见证着他们的誓言。外面的宇宙，浩瀚而神秘，等待着他们去探索。但就在那一刻，在数字夜空下的私人天文台里 他们发现了彼此内心的宇宙。

揭幕时刻

一天，船员们聚集在一起听取例行简报，索菲的手在桌下拂过伊万的手。他们十指相扣，周围的一切都变得模糊起来。哈里斯指挥官滔滔不绝地介绍着火星土壤样本，但索菲只听到耳边血液的沸腾声。

威俯身过来。"索菲，"她低声说，"你的秘密在我这里是安全的。爱是一种通用语言。"

苏菲脸红了。"你怎么......"

威眨了眨眼睛。"我见过你们俩分享蛋白质棒的方式。这又不是什么火箭科学。"

在一次模拟应急演习中 伊万的声音从对讲机里传来
"索菲，到天文台来见我"

伊万进去后，她漂浮在那里，心跳加速。星星在他们头顶闪烁--
他们无声的见证者。

"伊万，"索菲说，"如果有人发现了怎么办？"

他捧起她的脸。"那我们就会成为双星系统
一对在宇宙中翩翩起舞的双子星"

"伊万，"她低声说，"我爱你。"

他的手拂过她的脸 "我爱你"

在那里，在模拟的星座下，伊万吻了她。索菲紧紧地抱着他，她的心在无限地旋转。

当他们走出天文台时，船员们都瞪大了眼睛。索菲挑了挑眉毛。

哈里斯指挥官注意到了--他们手指停留的方式，他们眼中共同的秘密。

"索菲，"他声音严厉地说，"我们需要船员之间的坦诚。"

索菲犹豫了一下，然后点了点头。"我们在一起。"

"好吧，"她说，"我想我们找到了我们的火星恋情。"

艾米莉咧嘴一笑。"就像'罗密欧与朱丽叶'遇上了'火星人'"

威敏锐地观察着他们。她看过足够多的爱情喜剧，知道这是怎么一回事。"爱情就像火星的沙尘暴，"她喃喃自语。"不可预知，混乱不堪"

哈里斯指挥官呢？他叹了口气 "只要不影响我们的任务就行。"

索菲的嘴唇碰到了伊凡的嘴唇--
一个超越时空的吻。他们的灵魂在虚空中融合，像星座一样交织在一起。
机器嗡嗡作响，放大了他们的情感--
他们的渴望，他们的爱。索菲和伊凡的爱情故事成了飞船民间传说的一部分--星际间的低语传奇。

空气中弥漫着爱的气息，但不仅仅是他们俩的爱。

天体化学

艾米丽在实验室对面看着索菲和伊万。当他们挤在一起研究技术协议文本时，他们的笑声在实验室里回荡。苏菲的手拂过伊万的手时，艾米丽的心怦怦直跳。她一直被克劳斯这位坚毅的德国科学家所吸引，但现在，威有可能会偷走他的注意力。

艾米丽不能让威赢得克劳斯的心。她花了多年时间研究遥远星球的地质学，但现在她自己的心也是一片崎岖不平。克劳斯才华横溢、神秘莫测，而且专注于科学任务，令人恼火。

一天晚上，当他们并肩工作时，艾米丽突然问："克劳斯，你相信命运吗？"

克劳斯从笔记中抬起头 "命运？"

艾米莉的声音有些颤抖

"也许我们注定要在这里，"她说。"不只是为了科学，而是为了更多的东西。"

克劳斯注意到艾米丽试图靠近他。"艾米丽，"他说，"我们来这里是有原因的。金字塔里的答案超乎我们的想象。"

艾米莉握紧了拳头。"我知道，"她回答道
"但有时候，克劳斯，爱才是最伟大的奥秘"

艾米莉看着他，在嫉妒和敬畏之间徘徊。克劳斯走得更近了，目光紧盯着索菲和伊凡。"艾米丽，"他轻声说，"有时候，爱是最大的发现。"

星空对话

观景台成了他们的避难所--
在这里，星光涂抹着他们的皮肤，飞船的嗡嗡声渐渐消失在背景中。艾米莉靠在透明的视窗上，眼睛紧盯着远处的光点。克劳斯站在她身旁，他那善于分析的头脑瞬间被浩瀚的太空所淹没。"你有没有想过，"艾米莉开始说，声音轻柔，"星空之外有什么？宇宙隐藏着什么秘密？

克劳斯感觉艾米莉在用这个问题戏弄他。他研究着她的轮廓--
下巴的弧度，脸颊上的雀斑。"我想知道。"他承认。"但我一直认为，答案
在于方程式，在于数据。而不是宇宙的诗歌。"

"啊，但诗歌也能揭示真理，"艾米莉反驳道。"星云旋转的方式，恒星的诞
生与消亡，这些都是宏大叙事的一部分。"

"叙事并不能为火箭提供燃料。"
克劳斯说，但他的眼中闪过一丝好奇。"你最喜欢哪个星座，艾米丽？"

她咧嘴一笑。"猎户座
猎户座。它就像一个宇宙战士，永远在天空中追逐昴宿星团。"

"你呢？" 艾米莉反过来问他。

克劳斯犹豫了一下。"仙后座，"他最后说。"女王。她违抗诸神，付出了代
价。这是一个警世故事。"

**"或者是一个关于勇气的故事，"艾米莉喃喃自语道。"向命运
挑战，向遥不可及的目标前进"**

他们站在那里，两个科学家的心像宇宙一样广阔。艾米莉的
手指拂过克劳斯的手指，他没有抽开。**"也许，"他说，"**我们
都在追逐自己的星座--**自己的真理。"**

"那你的真相是什么，克劳斯-穆勒？" 艾米莉**低声**问道。

他靠得更近了，呼吸温暖地贴着她的耳朵。**"宇宙不只是方程
式，"他喃喃道。"有**时，爱会违背地心引力**"**

禁忌时刻

飞船的走廊里光线昏暗，机器的嗡嗡声不绝于耳。艾米丽和克劳斯在这些隐秘的空间里找到了慰藉--
那是他们远离窥探的时光。他们会在轮班后碰面，靠在冰冷的金属墙上，心跳加速。

"克劳斯，"艾米莉低声说，她的呼吸温暖地贴着他的脸颊。"我们不能再这样下去了"

他把她拉得更近，他的分析能力被欲望压制住了。"我知道。"他喃喃地说。"但爱是违反逻辑的，艾米丽"

然后他们的双唇相接 这是渴望与需求的禁忌碰撞
艾米丽的味道就像星尘 克劳斯迷失在她的身体里
他们探索着对方--她脊柱的曲线，她脸上的雀斑--
直到飞船的人造重力有可能将他们撕裂。

但威始终在那里，从暗处观察着。吃饭时，她把克劳斯逼到墙角，与他进行技术辩论，还邀请他去她的住处。她说
"我们是探险家" "我们要冒险"

于是，克劳斯发现自己在两个女人之间纠结--
一个是点燃他激情的勇敢的地质学家，一个是挑战他思想的雄心勃勃的工程师。艾米莉的笑声回荡在他的梦中，但威的低声承诺却萦绕在他的耳边。

"克劳斯，"威说，她的声音低沉而诱人。"我们正处于发现的边缘。难道你不想一起揭开宇宙的奥秘吗？"

他犹豫了，在野心和欲望之间徘徊。但当艾米莉在星空下亲吻他时 他知道自己迷失了 爱情违背了地心引力 他们被爱情牵引着。

于是，在那些禁忌的时刻 他们的心变成了天体 碰撞、燃烧 在浩瀚的太空中留下了光的轨迹。

火星舞会

舞厅是临时搭建的，融合了地球的优雅和火星的简约。船员们把货舱改造成了一个闪闪发光的空间，到处都是闪闪发光的布料和全息星星。艾米丽穿了一条深红色的裙子，紧贴着她的曲线，克劳斯借了一套西装，让他看起来比任何科学家都要潇洒。

玮滑步走了进来，眼睛紧紧盯着克劳斯。她的礼服是午夜蓝色的，头发盘成一个复杂的发髻。她举止优雅，步伐娴熟。"愿最好的科学家获胜，"她说，笑容太甜美了。

艾米丽的心怦怦直跳。她曾和克劳斯在观景台上跳过舞，但这次不同--
这是一次公开的欲望宣言。当音乐在他们周围旋转时，她牵起了克劳斯的手，两人踏上了全息舞池。

"你是个杰出的科学家，"威喃喃地插话道。"但爱情需要策略。"

艾米丽握住克劳斯的手更紧了。她研究过火星地质学，但这是另一种地形
--
心灵的战场。克劳斯犹豫不决，在野心和渴望之间徘徊。他的分析头脑计算着风险，但他的内心却渴望着更多的东西。

舞蹈是欲望与竞争的碰撞。艾米丽的深红色礼服与克劳斯的西装擦肩而过
，威的午夜蓝色礼服在优雅的圆圈中旋转。船员们都在观看--
他们的宇航员同伴、哈里斯指挥官，甚至飞船上的人工智能，都好奇地围观着这场"艳舞"。"选择吧，"艾米莉低声对克劳斯说
"选择星星还是选择方程式 选择我

威的眼睛盯着他
"我们是探险家，"她说。"我们敢于冒险。而爱是最大的风险"

然后克劳斯做了一件出人意料的事 他把两个女人都拉进怀里--
一个天仙般的拥抱。"也许，"他说，"我们可以一起探索爱"

就这样，在全息星座下，他们翩翩起舞--

三颗心在欲望的引力中纠缠，最终上演了一场三人行。星空注视着他们，古老的秘密在墙壁间窃窃私语。爱情违背了逻辑，在那一刻，他们不仅仅是宇航员，更是宇宙冒险家。

天体竞争

战神地平线号的引擎发出紧张的嗡嗡声。艾米丽和威曾经分享过窃窃私语和偷吻，但现在他们的关系发生了转变。他们不再是恋人，而是竞争对手。

克劳斯是支点，他是他们天人不和的原因。他的分析头脑剖析了科学奥秘，但正是他的存在点燃了竞争的火花。艾米丽在实验室对面看着他，她的红发沮丧地向后挽着。克劳斯沉浸在自己的研究中，对周围正在酝酿的宇宙碰撞漫不经心，熟视无睹。

威，娇小而坚定，在休息时走近克劳斯。"穆勒教授，"她说，声音甜得像火星蜂蜜，"你考虑过金字塔功能的影响吗？"

克劳斯抬起头，蓝眼睛微微眯起。"我一直在分析数据，"他回答道。"但我不需要分心。"

艾米丽忍不住加入了谈话。"像我们共同的记忆那样的分心？"她调侃道。"还是威的手指在我皮肤上描画星座的方式？"

威的脸颊红了，克劳斯的下巴也收紧了。"我们是专业人士，"他说。"我们的任务是

"--揭开火星的秘密，"艾米丽说完。"那我们之间的秘密呢？"

恒星对决

竞争不断升级。艾米丽和威争夺克劳斯的注意力--
微妙的眼神、智慧的辩论，以及关于外星文物的深夜讨论。克劳斯在责任
和欲望之间徘徊，他发现自己同时被这两个女人所吸引。

一天晚上，艾米莉在观景台上把克劳斯逼到墙角。她说"你在躲着我们"
"为什么？"

克劳斯犹豫了一下。"这次任务

"--不仅仅是科学，"艾米莉打断了他。"我们是火星的回声，
记得吗？"我们的好奇心与古代文明的好奇心如出一辙"

在暗处偷听的威走上前来。"克劳斯，"她声音颤抖地说，"你选谁？"

他研究了他们的脸--
火热的地质学家和神秘的工程师。"我选择知识。"他最后说。"这个探测器
中的分子结构--它们是关键。"

艾米莉的心碎了。她回到了自己的房间，泪水模糊了她的视线。威紧随其
后，娇小的身躯充满了决心。"我们不能让他毁了我们，"她低声说。

艾米丽擦了擦眼泪。"我们是探险家，"她说。"但我们也是人类"

他们一起制定了一个计划 一天晚上，克劳斯工作到很晚，正在做化学分析
他们面对着他 "选择吧，"艾米莉命令道 "是我们还是你的实验品

克劳斯犹豫了 在爱与责任之间徘徊。"我......"他开始说。

但威站了出来，目光凶狠。"我们选择自己，"她说。"我们的心，我们的欲望"

就这样，他们破坏了化学实验--
宇宙的背叛。克劳斯惊恐地看着他的探测器解体。他不知所措，这对博学多才、能言善辩的他来说并不常见。他完全震惊了。过了一会儿，他无奈地摇摇头说

"你知道你刚才做了什么吗？"随着飞船进一步驶向火星，紧张的气氛依然存在。艾米丽和威坐在一起，十指紧扣。克劳斯曾经是他们的中心，现在却成了回声--一颗遥远的星星渐渐消失在宇宙背景中。

"威轻声说道："我们做了我们必须做的。

艾米莉点了点头。"但代价是什么？"

就这样，天人之争留下了伤痕--
他们的爱支离破碎，他们的心中回荡着遗憾。

就这样，三位宇航员走近了火星，他们的宇宙之舞永远改变了。

这两个女人之间的"天体之争"将成为一个警世故事--
提醒人们，即使在星际之间，爱情也可以燃烧得如火如荼。

第 5 章：下降

接近火星

随着火星在视窗中越来越大，机组人员的兴奋之情也越来越浓。他们挤在控制面板周围，进行着着陆模拟练习。火星的土壤--红色而神秘--不再是一个抽象的概念，而是他们即将接触到的地面。

就在那里！

火星是太阳系的第四颗行星，在它的天体旅行中，有两颗小而有趣的卫星陪伴着它：火卫一和火卫二
这两颗卫星分别以希腊神话中的恐惧之神和恐怖之神的名字命名，它们与地球的月球截然不同，为我们探索太阳系的奥秘提供了独特的视角。

火卫一是较大的月球，而狄摩斯较小，距离较远，受火星引力的影响较小，因此轨道较为稳定。与火卫一不同，戴奥摩斯的表面更加光滑，陨石坑较少，这可能是由于月球上覆盖着一层碎石或松散的碎片。它最大的陨石坑要比火卫一上的小得多，整体外观也更加低调，突出的地貌较少。

火星引力场导航

当战神地平线号接近火星时，它将从在真空空间的稳定巡航过渡到与火星

引力的复杂舞蹈。这种接近是经过精心计算的，需要对战神地平线号的轨迹进行精确调整，以确保它以正确的角度和速度进入火星引力场。最轻微的计算错误都可能意味着成功进入轨道与灾难性失败之间的差别。

轨道插入：关键操作

进入火星轨道的最关键阶段是轨道插入机动。这包括启动战神地平线号的主发动机，使其减速到足以被火星引力捕获的程度。这种燃烧通常持续数分钟，其精确度堪比在数百万英里之外穿针引线。在此期间，与地球的通信通常会受到限制，因为信号跨越遥远的距离需要一定的时间，这也增加了紧张的气氛。

视觉和感官体验：火星相遇

对于体验这一事件的全体工作人员来说，视觉和感官体验令人叹为观止。从太空中俯瞰，火星是一个锈色的球体，表面有明显的特征，如巨大的奥林帕斯蒙斯火山、巨大的马林里斯峡谷和极地冰盖。随着"战神地平线"号的靠近，这些地貌变得更加清晰，呈现出与众不同的美景。

在 "战神地平线

"内部，机组人员感受到了微妙的震动，听到了发动机执行燃烧时发出的嗡嗡声。舱内的显示屏显示着实时数据，不断提供有关飞船位置、速度和轨迹的信息流。

进入火星轨道是一项不朽的成就，它体现了人类工程学、科学好奇心和探索未知世界的不懈追求的顶峰。这一过程虽然深深植根于复杂的物理学和精确的计算，但也是一次充满敬畏、期待和深刻认识到人类在宇宙中地位的旅程。

索菲的金发在微重力环境中漂浮着，她向伊万靠了靠。"伊万，"她低声说，"你能为火星人弹奏你的吉他吗？"

他咧嘴一笑，调整了一下木吉他的背带。"也许吧，"他回答道。"但谁又能保证他们没有自己的音乐呢？也许他们会教我们一首我们从未听过的曲子。"

机组人员准备转移到火星登陆舱。

着陆

在降落过程中，火星着陆器在前往火星表面的途中遇到了一些挑战。

在降落伞下降的头25秒，着陆器弹射出了隔热罩。隔热罩在进入大气层时保护着着陆器，但为了使着陆器的仪器能够有效工作，需要将其丢弃。副伞打开约两分钟后，着陆前一分钟。

着陆器伸出三条腿。这些支腿提供了稳定性，确保在火星表面安全着陆。

在飞船下降的过程中，它使用雷达来感知自己的速度并测量与地面的距离。这些实时数据使火星着陆器能够调整其下降轨迹，确保精确着陆。

着陆器必须避开潜在的危险，如大石头、陨石坑或不平整的地形。机载传感器和算法帮助它做出实时决策，避开任何危险障碍。

火星稀薄的大气层给着陆器的下降带来了挑战。着陆器必须依靠降落伞和反向套筒来有效减速，以免烧毁或坠毁。

着陆器通过火星轨道上的中继卫星与地球通信。然而，通信延迟（由于距离遥远）意味着着陆器必须根据预先编好的指令自主执行下降。鉴于平均距离为 2.25 亿公里，单向通信平均延迟时间约为 12.5 分钟。

火星表面在他们面前伸展开来，一片由铁锈色的沙子和嶙峋的岩石组成的不毛之地。哈里斯指挥官眯着眼睛透过着陆器的视窗，期待的心怦怦直跳。他正带领一支精英宇航员队伍执行人类历史上最重要的任务：探索一座古老的火星金字塔。这就是火星--人类几个世纪以来梦寐以求的星球。

火星着陆器在穿越稀薄的大气层时颤抖着，火焰舔舐着它的隔热罩。哈里斯指挥官紧握控制舵，指节发白。下坠总是任何任务中最危险的部分，但这次不同。他曾在地球的天空中执行过战斗飞行任务，但这次不同。火星是无情的--荒凉的美，很好地隐藏了它的秘密。

在他身边，艾米丽调整着她的红色发带，一双翠绿的眼睛扫视着地平线。作为团队的地质学家，她渴望揭开隐藏在火星土壤下的秘密。她在轨道上研究了火星地形的每一个像素。现在，她即将在火星表面着陆。

"稳住，指挥官，"艾米丽的声音在对讲机里响起。"我们正在进入最后阶段。" 她的红发挽成一个紧紧的发髻，绿色的眼睛闪烁着坚定的光芒。

哈里斯指挥官调整推进器，引导火星着陆器驶向指定着陆点--
班贝格环形山。 班贝克陨石坑靠近一个古老的峡谷系统。Cydonia Men-
sae 地区的特定峡谷系统并不像火星赤道上的 Valles Marineris
等较大的火星地貌那样有一个著名的单独名称。该地区的山谷和峡谷通常
被统称为 Cydonia Mensae 地形地貌的一部分。

伊万调整了一下头盔。然后，他敲了敲指尖节，弯曲了一下强壮的手臂。
他矫健的身躯在束缚下显得格外吃力。在这种严酷的环境中，他的医学知
识至关重要。"我们快到了，"他说，口音很重。"记住训练内容。"

威检查了她的仪器，娇小的身躯掩盖了内在的力量。她确认说："所有系
统都正常。"她的目光与克劳斯对视，后者平静地点头表示肯定。

伊万宣布："倒计时 60
秒后着陆。"尽管机舱内弥漫着明显的紧张气氛，但他的声音依然平稳。

索菲在座位上向前倾了倾身子。"就是它了，"她低声说道。"我们一直在等
待的时刻。"

在她身边，威用普通话喃喃祈祷。她紧张地用手敲着控制台。她花了无数
个小时来破解装饰在他们即将探索的金字塔上的古老火星象形文字。这些
符号蕴含着答案--可能重塑人类历史的答案。

着陆器的推进器点火了，掀起了一团红色的尘埃。表面向他们汹涌而来--
陨石坑和古老河床的马赛克。

他们从艾米莉的演讲中了解到，这些陨石坑的起源是流星撞击还是火山爆发，但在这种速度下，他们无法辨别。哈里斯指挥官引导着着陆器驶向一片平坦的大地上，他的心怦怦直跳。

太阳低垂着，在贫瘠的陆地上投下拉长的阴影。航天飞机的起落架伸出，着陆时火星尘土飞扬。

尘埃落定后，队员们解开束缚，站了起来。气闸 "嘶嘶"地打开，他们踏上了火星的土地。头顶的天空是淡淡的粉红色，太阳是遥远的橙色圆盘。他们即将创造历史。

接下来是一片寂静。

哈里斯指挥官第一个走了出来，他的靴子陷入了红色的土壤中。其他人紧随其后，他们的头盔映照着周围的外星世界。

伊万走出家门，扫视着地平线。这幅全景图让他无言以对。

威调整了一下她的翻译耳机。此时此刻，她根本无暇欣赏风景。她一定要完成自己的任务，不要忘记任何事情。

苏菲屏住了呼吸。她感到兴奋，但同时也对未知的到来感到恐惧。

与索菲不同的是，克劳斯依然冷静，毫不犹豫地准备执行任务。他紧握着他的数据板。

"欢迎来到火星，"哈里斯指挥官说，他的声音在头盔内回荡。

大副艾米丽在舱门外与哈里斯指挥官会合。"我们成功了，"她说。"我们是现在火星上唯一的人类。"

现在，二副伊万也加入了他们，兴奋地说：
"让我们来看看这个星球有什么秘密吧"

哈里斯指挥官点了点头。"但这里有什么在等着我们呢？古代火星人留下了什么？"

他们接到了命令--
探索、采集样本、寻找过去生命的迹象。但哈里斯指挥官感觉到还有更多的东西--一股命运的暗流将他们向火星的秘密拉去。

在班贝格陨石坑的边缘，宇航员们看到了山谷和峡谷系统的壮丽景色。在接下来的几个月里，这片奇异的地貌将成为他们的新家。

着陆时激起的尘埃不断落下，威国强指着远处的地平线。"指挥官，快看！"

哈里斯指挥官眯起了眼睛。在那里，半埋在沙中的是一座五面体的金字塔
。

就这样，他们怀着满心的期待，向着遥远的金字塔出发了--
那是远古文明的遗迹，早在很久以前就已经消失了。火星的风在低语着它
们的秘密，宇航员们奋力向前，准备揭开这颗红色星球的神秘面纱。

宇航员们清楚地意识到，这将是一次考验他们的决心、挑战他们的信念、
揭示消失在时间长河中的文明的回声的旅程。

第 6 章：新家

需求金字塔

对于六名宇航员来说，这是一次令人厌烦的行走，但他们之前在地球上已经为此训练了几个月。

然而，火星上的重力大约只有地球上的三分之一，这对人类的体能和耐力既是优势也是挑战。虽然重量的减轻使运动和某些体力劳动变得更加容易，但长期的健康影响，包括肌肉萎缩、骨密度下降和心血管机能减退，却带来了巨大的挑战。

人体的适应能力很强，随着时间的推移，生活在火星上的人可能会适应较低的重力。所有乘员在太空飞行期间都定期进行模拟地球重力效应的锻炼，如阻力训练和使用专门设计的锻炼设备，以帮助保持肌肉和骨骼健康。由于身体需要重新适应地球更强的引力，因此已经制定了在火星长时间飞行后返回地球的康复方案，而且是强制性的。

似乎过了无尽的时间，他们才接近真正的目的地或
"感兴趣的区域"，艾米莉在之前的演讲中这样称呼它：火山和旁边的金字塔。

在地平线上，他们可以缓慢但肯定地看到他们的栖息地和火星返回飞行器（MRV），后者将把他们带回战神地平线的轨道。这些东西在几年前的载人任务之前就已经运到那里了。

对于栖息地来说，至关重要的是生命维持系统能够正常工作，而且无人探测器在运送物资时没有损坏。否则，他们就会饿死或渴死。

MRV 的系统也必须稳定运行，否则他们就会被困在这个星球上。
电力将通过太阳能电池板和备用电池提供，备用电池板不能损坏，也不能被灰尘覆盖。此外，MRV（通常可容纳 4-6 名宇航员）
必须为上升和轨道会合提供 48 小时的生命支持系统。

在火星上为 MRV 生产燃料的方法是萨巴蒂尔反应和固体氧化物电解。这些过程利用火星大气中丰富的 CO_2 和水资源来生产甲烷和氧气，为返回地球的任务提供可持续的解决方案，并支持人类在火星上的长期存在。

然而，在一个没有大气层作为保护罩的星球上，该技术必须在沙尘暴和强烈紫外线辐射等不利条件下完美运行。火星沙尘暴是火星天气的一个显著特点，经常发生，有时甚至是全球性的。虽然与地球相比，火星稀薄的大气层限制了风的强度，但细小的尘埃颗粒和大气条件使得沙尘暴活动显著而频繁。

说曹操，曹操就到，一场风暴正在逼近……

哈里斯指挥官第一个到达栖息地，他身后的工程师们紧随其后：艾米丽和威

工程师们齐心协力，在启动系统前亮起了红灯，并发出了明确无误的声音："停！"

艾米丽说："首先我们要进行主系统试运行。一切正常后，我们就可以开始了！"

第一次试运行后，他们竖起大拇指，齐声说："检查！""开始！"

气闸将乘客释放到室温下可呼吸的大气中。火星的平均室外温度约为-63°C（-81°F）。在他们摘下头盔之前，伊万出人意料地从后面抱住索菲，大声喊道："站住，索菲！"

她吓得尖叫起来 "那边的外星怪物怎么办？"

索菲见他取笑自己，生气地把他推到一边。

哈里斯指挥官皱了皱眉头，摘下了头盔。"好了，你们这对爱情鸟。现在别再玩幼儿园的游戏了，我们有一项严肃的任务要完成。"

由于暴风雨即将来临，他们决定先不检查
MRV，而是在栖息地坐以待毙。幸运的是，所有的食品包都已抵达，没有受到任何损坏。

这样，著名的马斯洛需求层次理论（通常被描绘成一个金字塔）中的基本需求就得到了保障：他们有了一个可以睡觉、呼吸空气、获得食物和水的庇护所。所有人都安然无恙，没有受伤。

除此之外的一切，目前都纯属奢望。

解决困境

火星栖息地的生命支持系统嗡嗡作响，但也难免出现故障。主要系统似乎都能正常工作，这让船员们松了一口气。然而，在一个致命的夜晚，栖息地的自动系统发生了故障。灯光闪烁，温度急剧下降。团队的工程师艾米丽和威很快就找到了原因：栖息地的一个加热装置因双层床隔间的传感器故障而失灵。温度急剧下降，威胁到船员的生命安全。工程师们争分夺秒地查找问题所在，但维修需要几个小时。与此同时，墙壁上结出了冰霜，船员们的呼吸像幽灵一样飘散在空气中。因此，他们需要隔离并关闭这个有故障的双层床隔间。

哈里斯指挥官说：
"现在我们必须解决下面的难题：我们有六名宇航员，但只有五张床可用。谁来抽签？

出乎意料的是，艾米丽提议："我牺牲自己，我和威一起睡。"威生气地"嘶嘶"直叫。

克劳斯大笑着说："威，这是讽刺，是艾米莉的英式幽默。"
看到克劳斯理解了自己的幽默，艾米丽很高兴，冲克劳斯眨了眨眼睛。她仍然没有原谅他在"天人之争
"后对爱情的拒绝，尽管她暗地里又燃起了希望。

哈里斯指挥官发言了："所以我们必须建立一个轮流制度，每个人轮流睡一张床。"

索菲打了个寒颤，用保温毯把自己裹了起来。"伊万，暖气坏了。这里太冷了。"

伊万同样感到寒冷，他点了点头。"我们需要保存体温。共用一张双层床是我们最好的选择。"

索菲站出来说："完全不是。你们都知道，伊万和我是一起的，所以我们会一起睡在床上。问题已经解决了。"

伊万点点头，心甘情愿地说："你为国家和任务所做的一切……"

他们爬上了狭窄的床铺，在寒冷的空气中呼吸清晰可见。索菲的金发散落在枕头上，伊万的棕色眼睛里充满了担忧和坚定。

"团队合作，对吗？索菲说，她的牙齿在打颤。

"当然。"伊万回答。"我们会一起挺过去的。"

当他们紧紧拥抱在一起，分享着温暖和耳语故事时，索菲意识到，有时逆境会铸就最牢固的纽带。栖息地的故障拉近了他们之间的距离--
无论是字面意义还是隐喻意义。

就这样，在火星的天空下，索菲和伊万在共同的床铺上找到了慰藉，即使气温骤降，他们的心也在融化。

索菲和伊万发现自己共用一张双层床，而他们的宇航员同伴则保留了各自的铺位。

暴风雨

火星的天空一直平静得令人难以置信--
淡蓝色的天空无限延伸。但到了第三天，当船员们从他们的栖息地向火星金字塔的方向前进时，地平线又暗了下来。艾米丽首先注意到了这一点--
远处升起的尘墙就像一只幽灵兽。

"风暴来袭，"她警告道，声音在无线电中噼啪作响。宇航员们慌忙后退，寻找避难所。哈里斯指挥官心急如焚。他们为此进行了训练，但模拟无法捕捉火星暴风雨的原始狂暴。

火星的天空一直平静得令人难以置信--

淡蓝色的天空无限延伸。但到了第三天，当船员们从他们的栖息地向火星金字塔的方向前进时，地平线又暗了下来。艾米丽首先注意到了这一点--远处升起的尘墙就像一只幽灵兽。

"风暴来袭，"她警告道，声音在无线电中噼啪作响。宇航员们慌忙后退，寻找避难所。哈里斯指挥官心急如焚。他们为此进行了训练，但模拟无法捕捉火星暴风雨的原始狂暴。

狂风呼啸，吹起细小的颗粒打在他们的面罩上。能见度下降到只有几米。克劳斯跟跄了一下，他的太空服传感器检测到了压力变化。"坚持住！"他抓着一块岩石喊道。

风暴把他们整个吞没了。艾米丽的地质工具在漩涡中消失了。艾米丽紧紧抓住连接她和栖息地的系绳。威的工程头脑计算着他们宇航服上的压力。

索菲--她唱起了歌。她的声音划破了混沌，在汹涌的元素中宛如一曲脆弱的旋律。"我们还在这里，"她唱道，"消除火星的愤怒。"

时间一分一秒地流逝。暴风雨肆虐着他们的栖息地，发出阵阵呻吟。伊万的吉他被遗弃，埋在红色的漂流物下。但他们坚持了下来，六个灵魂紧紧抓住生命，紧紧抓住目标。

当暴风雨终于平息时，他们出现了。风景已经改变--
河床被抹去，岩石重新排列。艾米莉的眼睛睁得大大的。"看！"她指着说。一条裂缝裂开了，露出了一层层火星历史--
被风和时间镌刻的地质日记。

它们站在启示的边缘，虽然遍体鳞伤，但却丝毫未损。火星对它们进行了考验，而它们幸存了下来。当尘埃落定，哈里斯指挥官低声说
"我们仍然是先驱者"

这颗红色的星球也低声回道 秘密在它稀薄的空气中翻腾。

第 7 章：火星金字塔

火星黎明的曙光给古老的金字塔投下了赤红的光辉，它的五个侧面从沙漠地面上巍然耸立。这座部分被尘土和时间掩埋的建筑在宇航员们面前若隐若现，是被遗忘文明的无声见证？队员们现在已经完全适应了周围的环境，准备对这座神秘的建筑进行第一次彻底的探索。

哈里斯指挥官站在金字塔的底部，在初升的太阳映衬下，他的身影显得格外威严。"好了，队员们。让我们创造历史。"

外观：令人惊叹的建筑

金字塔高近 60 米（200 英尺），由巨大的黑色玻璃状陌生石块砌成。这些石块精确地拼接在一起，连火星尘埃都无法穿过，使整个结构看起来天衣无缝。金字塔的五个侧面都装饰着复杂的雕刻和象形文字，它们的含义已被时间所遗忘，但每一个细节都彰显着精湛的工艺。

艾米丽准备好地质仪器，怀着既崇敬又兴奋的心情走近金字塔。"这里使用的石头与我见过的任何石头都不一样。它不是火星原生的。"

克劳斯很感兴趣，蹲在她身边仔细观察这块石头。"它几乎像是进口的，这意味着先进的技术水平。太迷人了。"

金字塔的表面虽然经过了千年严酷火星环境的侵蚀，但仍然保持着光洁的光泽。光滑的表面几乎可以反射光线，使整个结构仿佛从内部发光。沿着底座，石头上覆盖着一层细小的火星尘土，研究小组小心翼翼地拂去这些尘土，露出了更多细致的铭文。

符号和象形文字

渴望证明自己的威加入了艾米丽和克劳斯的行列，她瘦小的身躯在巨大的石头面前相形见绌。"我们需要记录下每一个细节。象形文字可能会为我们提供有关他们文明的线索。"

艾米丽和威交换了一个眼神，她们之前的竞争已经被共同的好奇心冲淡了。他们开始有条不紊地记录碑文，并肩工作时，他们的手不时擦过。

这些象形文字深深地刻在石头上，描绘了日常生活场景、天体地图和复杂的几何图案。其中一些符号是我们熟悉的，类似于苏美尔和古埃及的古代地球语言，正如威老师最近在讲座中介绍的那样，而另一些铭文则完全陌生。这些雕刻讲述了一个繁荣的火星社会的故事、他们的非凡成就以及定义其文明的神秘奥秘。

日常生活场景

金字塔的下部装饰有古代火星日常生活的详细描述。

古代火星的日常生活场景。这些雕刻展现了火星生物从事各种活动的场景，这些生物是人形，但有着独特的修长四肢和富有表情的大眼睛。

农业和收获：

图中的火星人在干旱的火星土壤中照料着大片奇怪的管状植物。他们使用先进的工具发射光束，似乎能促进植物生长。画面中还出现了丰收节的场景，火星人用音乐、舞蹈和集体盛宴来庆祝他们土地上的丰收。

艾米丽第一个发言。"这些雕刻显示了火星人对环境的深刻理解。特别是农业场景，表明他们已经掌握了在火星土壤中种植农作物的技术。他们使用的工具发出光束，可能是为了刺激植物生长。这意味着他们拥有先进的生物技术逻辑知识"。

克劳斯点头表示同意。"的确如此，艾米丽。所描绘的管状植物与地球上的任何植物都不一样，但它们的栽培方法却显示出很高的农艺水平。如果我们能了解这些技术，就能彻底改变我们在极端环境下的耕作方式，甚至是在地球上。

艾米莉仍然非常专注于研究工作，但同时她也不得不承认，她的内心又涌起了对克劳斯的爱慕之情。

家庭和社会结构：

另一组雕刻描绘的是火星家庭单位。父母向他们的后代传授他们的文化和传统。对社区和知识传授的强调表明这是一个重视教育和社会凝聚力的社会。

伊万对这些火星家庭和社会结构的描述发表了评论。"这些雕刻表明他们非常重视社区和教育。知识传播是他们社会的基石，很可能促进了他们的进步。他们的医疗实践，如果有任何符号与医疗保健有关，可能远远超出我们目前的理解"。

艾米丽还说："家庭场景也表明，他们重视社会凝聚力，这可能是他们能够达到如此高的技术和文化水平的原因之一。

技术和建筑奇迹

沿着金字塔往上走，雕刻的重点转移到了火星人的科技成就上。这些部分展示了他们对工程和建筑的先进理解。

威指出，有一部分雕刻展示了火星人的城市景观。"他们的城市是工程学的杰作。浮动平台和相互连接的桥梁表明他们已经开发出了反重力技术或类似技术。看看这些能源管道--
他们以令人难以置信的效率从地心和太阳能中获取能量"。

城市景观和结构：

火星人居住在广阔的城市中，城市中到处都是高耸的建筑，这些建筑由与金字塔相同的黑色玻璃状石头制成。这些建筑通过错综复杂的桥梁和人行道网络相互连接。这些雕刻描绘了熙熙攘攘的城市生活，火星人利用人行道和悬浮在地面上的浮台在城市中穿梭。

能源和动力源：

有几块展板展示了火星人从地核和太阳中获取能源的过程。他们使用的装置似乎是太阳能收集器和地热水龙头。其中一个特别细致的雕刻展示了一个大型的中央动力枢纽，周围有管道将能源分配到城市的不同地方。

天体探索和天文学

金字塔的上部是火星人对星空的迷恋和对宇宙的探索。

星图和天文台：

石头上刻有复杂的夜空图，展示了火星人对星座、行星和天体事件的了解。他们还建造了天文台，这些天文台被描绘成细长的高塔，塔顶呈球形，可能安装了先进的望远镜。这些天文台与各种天体对齐，显示了火星人精确的天文计算。

伊万凑近一看，他的呼吸让头盔的遮阳板蒙上了一层雾。"这些石刻，"他说，"它们说明了宇宙排列，说明了刻在石头上的星图。"

威调整了一下她的翻译耳机。"火星人懂得天体导航，"她喃喃地说。

哈里斯指挥官研究了金字塔的基座。"我们正站在发现的门槛上，"他说。"里面有什么？"

航天器和星际旅行：

一系列特别引人入胜的雕刻描绘了火星人在太空旅行方面所做的努力。他们建造了光滑、符合空气动力学原理的飞船，能够进行星际旅行。这些飞船从大型太空港出发，前往其他星球，这表明火星人已经对太阳系进行了广泛的探索。

索菲被航天器的插图深深吸引住了。"他们的太空旅行能力令人震惊。这些飞船外形优美，专为星际旅行而建造。如果我们能破解他们是如何为这些飞船提供动力的，就能把我们自己的太空探索工作向前推进几十年。"

伊凡也加入了她的行列，并娓娓道来："那么，你想让我们一起逃到哪里去呢？仙女座星系？"

索菲腼腆地眨了眨眼睛："我不在乎，只要你不离开我。"

伊凡用头盔里的手对着她做了一个亲吻的手势。

文化和精神习俗

这些雕刻还揭示了马尔泰人的精神和文化生活，暗示了他们的信仰和仪式。

神庙和仪式：

火星人建造了宏伟的神庙，上面刻有高耸的拱门和复杂的马赛克。他们在神庙中举行仪式，似乎是为了纪念天体事件和自然现象。雕刻上的火星人身着精致的长袍，聚集在祭坛周围，跳着仪式舞蹈，吟唱着颂歌。

象形文字和神圣文本：

象形文字本身就是火星人书面语言和记录的证明。艾米丽和威精心记录的这些符号传达了复杂的思想和叙事。有些展板似乎是神圣的文本，讲述了创世神话和火星人对宇宙的理解。

神秘莫测的符号

研究小组随后将注意力转向了更加神秘的符号--大门和守护者。

威重点介绍了天体图部分。"这些地图显示了对宇宙的详细了解。他们的天文台与天体对齐，显示了精确的天文计算。这些知识可能对导航，甚至对使用网关都至关重要。"

哈里斯指挥官插话说："星门是最吸引人的地方。这些雕刻显示火星人穿过它，这表明它是通往其他世界或空间的入口。如果我们能够了解如何激活它，就有可能解锁瞬间穿越遥远距离的能力。"

入口：

有几幅雕刻描绘了一个神秘的门户，这是一个巨大的圆形结构，上面装饰着石刻，并闪烁着内在的光芒。火星人穿过这个大门，这表明它是通往其他世界或空间的门户。这个通道的确切性质和功能仍然是一个诱人的谜，引发了小组成员无尽的猜测。

守护者：

另一个反复出现的主题是守护者形象的出现。这些守护者总是成双成对，守卫着重要的遗址和遗迹。他们似乎具有保护功能，也许是为了保护火星文明的知识和宝藏。

克劳斯看着这些守护者形象，表达了自己的想法。"这些守护者总是成对出现，这表明他们在保护重要遗址和文物方面发挥着重要作用。他们可能不仅仅是象征性的，也许他们是先进安全系统的一部分。

大灾变--灾难：

在金字塔顶端，雕刻的内容变得更加黑暗，描绘的是动荡和毁灭的场景。这些板块展示了火星人遭遇的一场大灾难，城市崩塌，地面裂开。这些雕刻表明，这一事件导致了火星文明的衰落，但原因仍然不明，被层层叠叠的象征意义和神秘的象形文字所笼罩。

当他们仔细观察这些描绘大灾难的场景时，讨论的气氛变得阴沉起来。

艾米莉轻声说道："这些破坏性的雕刻展示了城市的崩溃和地面的裂开。火星人面临着一场大灾难，但原因尚不清楚。它可能是自然发生的，比如大规模的地壳变动，也可能完全是其他原因。"

伊万补充说："了解这场灾难至关重要。如果这是一场火星制造的灾难，
我们需要从他们的错误中吸取教训，避免我们自己的文明遭受类似的命运
。

得出结论

经过令人疲惫的一索尔天（火星一天约为 24 小时 39 分钟，
因此比地球一天稍长）之后，工作人员疲惫不堪地返回了居住地。不过，
由于有了令人兴奋的发现，每个人的肾上腺素仍然很高。

当他们在共进晚餐后安顿下来时，哈里斯指挥官总结了他们的发现："我
们发现了大量关于一个复杂而先进的火星社会的信息。他们在农业、科技
和太空旅行方面的成就非同一般。最让我着迷的是，在他们先进文明的巅
峰时期，他们显然遇到了不明原因的衰落事件。我们下一步的重点应该是
找到进入金字塔的方法。

索菲点点头，眼神坚定而明亮。"我们正处于不朽事件的边缘。让我们尽
我们所能，学习并明智地运用这些知识，以此来缅怀他们的遗产。"
伊万握住她的手表示支持。

艾米丽和威分享了一个坚定的眼神。"同意，"艾米丽说。"我们认为，我们
找到了进入的蛛丝马迹，但还需要深入挖掘。"
克劳斯与艾米丽暗中联系了一下，两人都知道，只要在这里穴居，他们就
不能在其他人面前，尤其是在威面前，表现出即将到来的感情。

因此，在索尔的晚间会议结束后不久，他们都进入了梦乡。他们爬进各自独立的舱室，而索菲和伊万则缠绵地躺在共用的铺位上。

不过，并不是所有人都睡着了。艾米莉还在为又一次出现的情绪而感动，并且一直在想着克劳斯。这怎么又发生在她身上了？她无法给出一个合理的解释。

第 8 章：异形石脸

在下一个索尔天，队员们重新集中精力，团结一致，开始工作，因为他们知道，在火星上的发现可能会重塑人类对宇宙的认识以及人类在宇宙中的地位。艾米丽和威凭借他们对工程学、地球古代历史建筑学的共同理解，找出了最有可能找到入口大门的一侧。

伊万和索菲则围着建筑转圈，寻找相应的入口通道。他们萌生的恋情让他们的脚步变得轻盈，充满了冒险精神。

"这里，"索菲指着一处沙子似乎被扰乱的地方叫道。"这可能是个入口"

几个小时后，他们在机器的帮助下清除了更多的沙子，一个巨大的石面出现了。

不久后，伊万发现了一个隐蔽的入口："看来我们找到入口了"

雕刻在金字塔正面的石脸似乎用眼睛追随着他们。

索菲小声说"太不可思议了。它一定是某种守卫者。或者是一种警告。"

伊万点点头，语气中充满了敬畏。"或者是一个标记，表明它背后有什么重要的东西。"

他们向其他船员求助。威伸出戴着手套的手。她说："他是有知觉的，""是被困在石头里的意识。"

艾米莉说 "金字塔似乎是一座宇宙图书馆

一个星际种族留下的知识宝库。"

哈里斯指挥官点了点头

"而我们就是保管人，"他说。"我们被选中来解开它的秘密。"

那张脸既像外星人，又像人类，杏仁状的大眼睛，明显的眉毛，表情平静而睿智。它的嘴巴微微张开，似乎正要说话，额头和脸颊上装饰着复杂的花纹。

石脸高达近 20 米（65 英尺），威风凛凛地守护着金字塔的入口。石脸由与金字塔其他部分相同的黑色玻璃石雕刻而成，但它似乎具有一种独特的气质，仿佛被赋予了一种千年来一直在注视着火星景观的意识。

眼睛

眼睛是面部最显著的特征。眼睛很大，呈杏仁状，外缘略微向上倾斜，给人一种沉思和睿智的感觉。尽管是石头雕刻而成，但这双眼睛几乎是活的，仿佛能看穿时间和空间。瞳孔中镶嵌着一种不同类型的石头，可能是古代的玛瑙或黑曜石，在火星黎明的照耀下，瞳孔闪烁着幽幽的光芒。

在眼睛周围，石头上刻有复杂的图案，重这些图案融合了天体地图和数学设计。这些图案可能代表了该文明对宇宙的理解或他们的精神信仰。

眉毛和额头

眉毛明显而有力，给人一种权威和智慧的感觉。额头宽阔，装饰着复杂的雕刻，与眼睛周围的图案浑然一体。额头中央，也就是眉毛上方，有一个巨大的圆形徽章，看起来像第三只眼睛。这个徽章周围环绕着放射状的线条和几何图形，暗示着它具有重要的意义，也许象征着启蒙或更高的意识状态。

脸颊和鼻子

脸颊光滑，曲线柔和，与眉毛和眼睛棱角分明的特征形成鲜明对比。脸颊上有细腻的雕刻，似乎是流动的线条，就像外星植物的卷须或火星河流的水流。这些线条在鼻子处汇聚，鼻子又长又直，鼻孔外扩，给人一种端庄有力的感觉。

嘴巴

嘴巴微微张开，露出里面的一个装置，似乎是一个锁定系统。

似乎是隐藏入口的锁定系统。嘴唇饱满，轮廓分明，雕刻技艺精湛，似乎能够说话。在嘴的内部，小组可以看到交错的齿轮和杠杆，暗示着隐藏在石头外墙后面的先进技术。

下颌线和下巴

下巴线条有力，棱角分明，一直延伸到宽阔的方形下巴。下巴上还有其他雕刻，包括更多的符号和看起来像是古代火星生物的图案。这些雕刻天衣无缝地延伸到脸部底部，将脸部与金字塔连接起来，仿佛整个结构就是一件统一的艺术品。

整体印象

石面散发出一种永恒的智慧和权威感，仿佛是金字塔内所有秘密的守护者。它的表情是一种宁静的沉思，尽管它具有外星特征，但却有一种奇怪的熟悉感，仿佛它是人类和火星文明之间的桥梁。

雕刻和象征意义

装饰在脸上的复杂图案和雕刻不仅仅是装饰，似乎还蕴含着深刻的象征意义。天体图显示了对天文学的深刻理解，可能表明建造金字塔的文明曾经绘制过星空图，甚至可能在星空中旅行过。数学图案暗示了高度发达的科学知识，流畅的线条和几何图形表明了一种既重视艺术又重视科学的文化。

发现入口

哈里斯指挥官召集队员 "我们来想想怎么进去"

艾米丽跪在地上检查砂岩块。"我正在想办法。金字塔是一个入口，"她说。"一个通往知识的入口，它的功能超乎我们的想象。"

索菲打了个寒颤。"还有危险，"她补充道。"火星人守护着他们的秘密。"

克劳斯扫视着地平线。"我们并不孤单，"他说。看--在那里，在远处。

一个影子在移动--
一个身影从火星尘埃中浮现。轮到伊万颤抖了。"幽灵？"他大声问道。

克劳斯转身反问道："这一定是法塔-莫甘娜"

索菲同意并说："是的，这只是海市蜃楼。"
这是她的官方说法，但她心里却不这么想，她希望他们真的是被幻觉骗了。

一方面，经过几十年的无人火星探测，确实没有发现任何生命存在的证据。另一方面，尽管进行了大量的研究，但火星金字塔的发现直到现在都姗姗来迟。这一切怎么会如此轻易地发生？还是有当权者想阻止某些发现公之于众？不过，这在阴谋论的范畴里已经足够了。因此，索菲很快就打消了这些念头，加入了队伍，专心致志地解决他们目前的问题--

如何打开入口。

艾米丽在研究这张脸时，发现了一些奇特之处。"看嘴巴。它微微张开，里面有一个机关。"

有工程学背景的威站了出来。"看起来像是一个锁定装置。如果我们能想办法启动它，也许就能打开这扇门。"

他们仔细观察了石面，注意到石面的开口处露出了一系列环环相扣的小齿轮和杠杆。在石面的上方，嵌在石头上的是一系列排列成圆形图案的符号。艾米丽用手指描画着这些符号，突然灵机一动。"这些符号和我们之前记录的一些象形文字吻合。也许这是一种密码。"

小组成员齐心协力，破译了这些符号，发现它们代表着数字和方向。在威的专业指导下，他们按照图案排列齿轮和杠杆。

当他们完成这一系列动作时，一阵低沉的隆隆声在金字塔中回响。石面的口子张得更大了，露出了一个隐蔽的面板，上面有一个圆形的大把手。

哈里斯指挥官深吸一口气，握住了把手。"这里什么都没有。"

他转动把手，随着一声巨大而古老的呻吟，巨大的石板缓缓滑向一边，露出了外面的黑暗通道。

第 9 章：宇宙图书馆

通道

随着一声低沉而嘹亮的呻吟，石板滑开了，金字塔的入口处露出了一条漆黑的通道，吸引着天文学家们进入这座古老的火星建筑。

哈里斯指挥官召集了队员们。"我们一起行动。保持警惕，记录一切。"

队员们打开头灯，小心翼翼地走进未知的世界，灯光划破浓重的黑暗，在墙壁上投下阴森的阴影。

火星上的空气成分与地球截然不同。火星大气稀薄，主要成分是二氧化碳。因此，火星环境带来了一系列挑战。队员们穿着专门设计的防护服，以保护他们免受稀薄大气和极端温度的影响。太空服配备了先进的过滤系统，既能让他们舒适地呼吸，又能阻挡无处不在的火星尘埃。

墙壁由与外部相同的黑色玻璃材料制成，在灯光的照射下微微闪烁，反射出淡淡的蓝色和绿色。艾米莉用手指沿着墙壁的表面摸索着。"这种材料……不仅仅是石头。里面蕴含着晶体结构 这是我从未见过的。"

威跪在地上检查地板
"这些凹槽……不是随意形成的。这是被刻意设计来引导某种东西的--
也许是水，也许是某种形式的能量。"

随着他们的前进，通道的墙壁装饰得越来越复杂。石壁上的雕刻与外面的类似，但这些雕刻更加细致，生动地描绘了火星生活的场景。

通道上的雕刻按时间顺序讲述了火星文明的故事。最初的部分展示了火星人早期发展技术和掌握环境的情况。雕刻中的人物建造建筑，试验早期能源，绘制星图。

再往后，雕刻过渡到科技奇迹的场景。这些雕刻描绘了飞行器、巨大的地下城市和复杂的能源网。火星人似乎已经达到了很高的技术水平，将他们的先进技术完美地融入了日常生活。

科技场景中还穿插着文化和精神活动的描绘。火星人参加了精心制作的仪式，在大型石坛周围跳舞，并进行了看似集体冥想的活动。这些场景表明，火星人是一种崇尚科技成就和自然世界的精神文化。随着小组深入通道，他们注意到墙壁和天花板上有一些微弱的发光线条。这些线条起初几乎感觉不到，但随着他们的前进，它们变得越来越突出，投射出柔和的环境光，照亮了他们的道路。

索菲伸出手去触摸其中一条发光的线条。"感觉很温暖。这一定是某种古老的能量源，这么多年过去了，仍然活跃着。"

伊万着迷地打量着这些发光的线条。"这种能量产生的水平真是非同寻常。他们一定有办法以惊人的效率利用和储存能量。"

金字塔密室

在蜿蜒曲折的通道中穿行了仿佛永恒的时间之后，研究小组来到了一个巨大的密室。这个房间非常大，天花板很高，墙壁上布满了更精细的雕刻和象形文字。密室中央矗立着一个巨大的圆形平台，平台四周都是石柱。

艾米丽惊叹不已："这太不可思议了。这些雕刻描绘了他们的日常生活和仪式。

克劳斯走近一幅特别细致的壁画。"看看这个。这是对大门的描绘。他们一定经常使用它。"

当威翻译这些符号时，她的眼睛睁得更大了。"这上面说，通道是世界之间的桥梁，供他们的学者和探险家使用。"

站在密室中央的哈里斯指挥官感到脊背发凉。"我们需要弄清楚它是如何工作的。这可能是了解他们整个文明的关键。"
然后，他踏上了平台。"这一定是某种中心枢纽。看看这些基座，它们的排列方式是经过深思熟虑的。"

艾米丽在检查其中一个基座时，发现基座表面似乎刻着古老的火星文字。"这些符号和外面的不一样。它们更加复杂，几乎就像一种先进的书面语言。"

威扫描了平台，注意到一系列凹陷的小圆圈。"这些可能是激活点。如果我们能弄清顺序，也许就能进入这间密室里储存的任何东西。"

小组成员齐心协力，小心翼翼地以各种组合方式按压凹陷的圆圈。尝试了几次之后，室内响起了低沉的嗡嗡声，基座开始发出柔和的蓝光。

全息图像在每个基座上方闪烁，显示出详细的地图、图表和火星语言的文字流。

索菲的眼睛睁得大大的。"这是他们的信息库。我们正在研究他们的历史、技术和一切"。

伊万从一个基座走到另一个基座，被一系列展示医疗程序和解剖研究的全息图像吸引住了。"他们的医学知识……非常先进。我们有很多东西要向他们学习"。

团队花了几个小时与全息显示屏互动，每位宇航员都深入到自己的专业领域。他们一丝不苟地做笔记、记录全息图像、翻译文本，拼凑出火星文明的宏大叙事。

艾米丽沉浸在地质数据中，她评论说："他们对行星科学的理解令人难以置信。即使在如此恶劣的条件下，他们仍能稳定环境，创造可持续的生态系统。

威在分析能源系统时补充说："如果我们能复制他们的能源技术，我们就能解决地球上的许多能源问题。它们的效率和可持续性是我们所无法比拟的。伊万仍然对医疗全息图惊叹不已，他说："它们的医疗进步可能会彻底改变我们的医疗保健。想象一下，从细胞层面治愈疾病，让受损组织瞬间再生。"

哈里斯指挥官一直关注着时间。"我们需要优先考虑可以带回去的东西。重点关注最关键的信息--能源、医学进步和网关机制。"

随着深入研究，小组在网关专用的基座上发现了一系列加密的全息信息。这些信息来自火星文明的最后岁月，详细描述了他们为保存知识和确保未来的探险者能够获得这些知识所做的努力。

索菲与艾米丽和威合作，破译了最后的信息。"他们知道自己的末日即将来临。他们对自己的知识进行了编码，以防止其丢失。这个网关--
它不仅仅是一个技术奇迹，更是他们最后的希望，是他们接触其他文明，确保他们的遗产得以延续的一种方式。"

克劳斯在思考生物数据时补充说："他们对生命本身的理解非常深刻。他们认为生物和技术是相互交织的，利用这两者来实现我们梦寐以求的和谐。艾米丽和威努力翻译这些文本。"这需要时间，"艾米丽说，"但这些文件可能是了解他们的技术，甚至是网关的关键。"

哈里斯指挥官下令："解散！我能理解你们的热情，但今天到此为止。已经很晚了。我们现在还有很多功课要做。我们明天再回这个图书馆。"

艾米丽和威勉强让步，站起来往回走。他们把克劳斯安排在中间，苏菲和伊凡作为后卫跟在后面。

他们一离开房间，信息库的全息投影就自动关闭了。

他们今天收集了大量数据，这些数据将用于下一次与地球任务控制中心的上行链接，以编写每日简报报告。地球上有几个小组，一支由工程学、物理学、地质学、生物化学、天文学和语言学等领域的专家组成的大军，正迫不及待地等待着，准备破译和评估火星小组提供的数据。当然，一切都以最高级别的机密信息--
绝密来处理！世界各国的政府应该做好充分的准备，因为不小心透露给公众可能会造成混乱。反之，宇航员们则依赖于从地球发回的分析数据的细分。根据这些有价值的信息、解释和建议，火星团队可以在即将到来的情况下就人员、地点、时间和行动做出最佳决定。

宇宙图书馆不仅仅是一个知识宝库，它还证明了火星文明令人难以置信的成就，以及他们确保自己的遗产得以延续的不屈不挠的愿望。当研究小组准备离开这个密室时，他们知道自己仅仅触及了这个古老文明的表面。他们在宇宙图书馆中的发现不仅将重塑人类对火星的认识，还将为未来的探索和技术进步铺平道路。带着满心满脑的新知识，宇航员们把目光投向了破译入口的秘密，准备开启他们非凡火星之旅的下一个篇章。

第 10 章：爱情和竞争

条件是否明确？

金字塔密室昏暗的光线在石壁上投下拉长的阴影。索菲站在一张陌生的石脸旁，那双神秘的眼睛仍在萦绕着她的思绪。伊万在房间对面看着她。自从他们来到火星后，他们之间的联系加深了--
这是一个超越任务的共同秘密。

索菲描摹着石面上的雕刻，手指拂过那些似乎充满能量的符号。伊万走了过来，他的脚步声在布满灰尘的地板上悄无声息。"索菲，"他轻声说，"我们是比我们自己更伟大的东西的一部分。"

她转向他，目光在他身上搜寻。"伊万，"她低声说，"如果爱情是被禁止的呢？如果我们的感情会危及一切，而我们却忽略了自己的职责，那该怎么办？"

他握住了她的手，这一触碰让两人都心头一震。"被禁止的爱"，他说"往往是最强大的"

威怀有自己的欲望。尽管之前在"战神地平线
"上的浪漫插曲让她失望，但克劳斯还是俘获了她的心。她远远地注视着索菲和伊万。

一天晚上，当船员们围在全息显示屏前时，威向艾米莉提出了挑战。"克劳斯，"她说，声音平稳，"你会选择谁？"克劳斯在两个女人之间犹豫不决

。"他说，"我们的任务是打开大门。但我们的心……"
他瞥了苏菲和伊凡一眼。"我们的内心另有打算。"

索菲靠在伊凡身上，他们的爱就像黑暗中的灯塔。"我们会找到办法的，"
她说。"打开大门，保护我们脆弱的世界。"

但威的眼神中充满了坚定。"如果爱是钥匙，"她说，"我不会轻易放弃"

当金字塔低声诉说着它的秘密时，宇航员们也在努力面对他们的欲望、他们的命运，以及将他们紧紧联系在一起的宇宙力量。

火星金字塔内的气氛越来越紧张，这不仅是因为他们正在揭开神秘的面纱，还因为宇航员之间复杂的情感纠葛。威、艾米丽和克劳斯之间的互动成为友情和紧张的焦点。

从一开始，威和克劳斯之间就明显存在着一种独特的联系。他们的相互尊重和共同的科学热情为他们的关系奠定了坚实的基础。

作为一名工程师和语言学家，威的敏锐才智和探索热情与克劳斯的分析头脑和对生物和化学的深入研究相得益彰。他们经常长时间在一起工作，谈话内容从专业无缝转换到个人。

克劳斯钦佩威的奉献精神和聪明才智。她破译古代火星符号和了解火星技术的能力深深打动了他。随着时间的推移，他发现自己被她吸引住了，她不仅是他的同事，还是他的知己和朋友。艾米丽起初独来独往，专注于自己的工作。然而，当她目睹威和克劳斯之间的关系越来越亲密时，她自己也开始对克劳斯产生了感情。艾米莉对克劳斯的智慧和他有条不紊的发现方法非常着迷，并发展成一种更深层次的情感联系。她的沉静坚强和独立自主是克劳斯所欣赏的品质。然而，他更关注的是与威的职业关系。

随着艾米莉开始花更多的时间与克劳斯在一起，竞争的苗头又出现了。她经常就地质发现征求克劳斯的意见，并在提问时突出自己的见解。克劳斯很欣赏她的专业知识，对这些讨论表示欢迎，却没有意识到其中蕴含的感情色彩。

与索菲直言不讳的性格相比，艾米莉的英国性格则显得更为内敛。她依靠自己的智慧吸引克劳斯的注意。她与克劳斯的谈话引人入胜，常常让克劳斯在讨论结束后沉思良久。

威注意到艾米莉的存在感越来越强，感到一阵不安全感。她与克劳斯之间的联系非常紧密，但艾米莉的默默坚持却让她开始产生怀疑。威向哈里斯指挥官吐露了心声，哈里斯指挥官已成为她的导师和支持者。

哈里斯指挥官说："威，你和克劳斯之间有着真挚的感情。不要让艾米莉的行为打击你的信心。跟克劳斯谈谈，坦诚地说出你的感受。"

一天傍晚，经过一天特别紧张的探索之后，威决定解决这个问题。她发现克劳斯正在一个墓室里研究一组象形文字。

威走近克劳斯，问他："克劳斯，我们能谈谈吗？

克劳斯抬起头，感受到了她语气中的严肃。"当然可以，威。你在想什么？"

威深吸了一口气。"我注意到艾米莉花了很多时间和你在一起。这让我很困扰，因为......嗯，因为我关心你。"

克劳斯的眼神变得柔和了。"威，我不知道。我很珍惜我们在一起的时间，也很珍惜我们之间的感情。艾米丽是我的同事和朋友，但你......你对我的意义远不止这些。威--伟大！"克劳斯用中文对威的名字进行了双关。

天有不测风云，艾米莉撞见了他们的谈话。她本来是来和克劳斯讨论最近的一些地质发现的，但看到威和克劳斯如此深情的一刻，她停下了脚步。

艾米莉打断了她的评论："对不起，我无意打扰。"

威转向艾米丽，她的表情混合了脆弱和去势。"艾米丽，我们需要谈谈。这种情况......会影响到我们所有人。"

艾米丽点点头，理解了此刻的严重性。"你是对的。我们谈谈吧。"

三个人坐了下来，空气中的紧张气氛一目了然。

"威，克劳斯......我得说实话。我对克劳斯产生了感情
但我从未想过介入你们之间。我的感情源于钦佩和尊重，但我现在明白，我已经越界了。"

克劳斯看着两个女人，声音平稳。"我们是一个团队，我们的任务太重要了，不能让个人感情造成分裂。艾米丽，我尊重你，重视你的贡献，但我的心在威那里。"

这次谈话虽然困难重重，但却带来了一种豁然开朗和相互尊重的感觉。艾米丽认识到威和克劳斯之间的纽带的力量，决定后退一步，把精力重新集中在任务上。她和威达成谅解，同意作为同事和朋友相互支持。

威对艾米丽说："艾米丽，谢谢你的坦诚。我也很尊重你，我希望我们能在不紧张的情况下继续前进。

艾米丽回答说："当然，威。让我们把注意力集中在把我们带到这里的原因上。火星的秘密远比我们的个人感情重要。"
她嘴上这么说，心里却暗暗不以为然，不想这么快就放弃。在她那像保护壳一样包裹着她的矜持的英式举止背后，她透露出自己是一个好斗的女孩，她已经准备好与威争夺克劳斯。她所需要的只是耐心，以及在适当的时机用她的爱情之箭发起进攻。

克劳斯当下如释重负，感觉到了团队的团结。他非常感谢两位女士在处理这件事时表现出的真诚和成熟。

重燃的心

火星金字塔有许多秘密，但没有一个像探险者之间的情感那样错综复杂和私密。威、艾米丽和克劳斯之间的和解带来了暂时的平静，但暗流涌动的吸引力和难以言说的情感却挥之不去。随着探险队深入探索古老火星文明的奥秘，他们之间不断发展的关系出现了意想不到的转折。尽管后退了一步，但艾米莉对克劳斯的感情并没有就此消失。她尊重克劳斯和威之间的纽带，但也无法忽视她所感受到的联系。艾米莉将自己的情感投入到工作中，希望证明自己不仅是一个有能力的科学家，而且是一个值得克劳斯钦佩的人。

艾米莉全身心地投入到地质研究中，发现了关于火星地貌和历史的重要见解。她的钻研和突破赢得了包括克劳斯在内的整个团队的尊重。

有一次，艾米丽在探索一个新发现的密室时，偶然发现了一系列雕刻，这些雕刻似乎描绘了火星人对行星地质和资源管理的理解。意识到自己发现的重要性后，她立即找到了克劳斯。

艾米莉对他说："克劳斯，你得看看这个。这些雕刻说明了火星人利用行星资源的方法。这是我们从未见过的。"

克劳斯被艾米莉的兴奋所吸引，跟着她来到了密室。当他们一起研究这些雕刻时，他们共同的探索热情重新点燃了他们之间的联系。克劳斯热情地回答："这太不可思议了，艾米丽。你的见解将彻底改变我们对火星地质和资源利用的认识。

在这个项目上的合作拉近了他们之间的距离，让克劳斯想起了他与艾米丽之间的智力协同和化学反应。他们相处的时间越长，克劳斯发现自己越被她的韧性和才华所吸引。

与此同时，威的责任也在不断增加。她在工程学和语言学方面的专业知识对于破译火星技术和符号至关重要。随着她越来越专注于自己的工作，她与克劳斯在一起的时间开始减少。

威仍然致力于完成他们的任务，但不禁注意到克劳斯和艾米丽之间重新变得亲密无间。虽然她信任克劳斯，但她还是感到一阵不安全感，担心她和克劳斯的关系在他们的科研工作中变得次要了。

一天晚上，小组成员聚集在一起讨论他们的发现，艾米丽介绍了她对地质雕刻的最新研究。她的口才和渊博的知识给大家留下了深刻的印象，但克劳斯却对她刮目相看。

克劳斯对艾米丽赞不绝口："艾米丽，你的工作是开创性的。你所提供的清晰度和细节为我们了解火星人的能力提供了新的视角。我真的很惊讶。"

威女士在旁观看，既感到自豪，又感到不安。会后，她找到了克劳斯，希望消除自己的顾虑。

威大胆地对克劳斯说了以下几句话，而没有顾忌自己的面子："克劳斯，我注意到你和艾米丽一直在密切合作。我明白合作的重要性，但我不禁觉得我们正在疏远"。

克劳斯被威的坦诚吓了一跳，握住了她的手。"威，你的工作是不可或缺的，我非常尊敬你。但我意识到，我和艾米丽之间的联系也很紧密。我需要坦诚面对自己的感情。"

艾米莉的耐心得到了回报

克劳斯的话在威的脑海中回荡，她在思考他们的现实处境。她理解克劳斯对艾米丽的感情之深，决定后退一步，尊重他的诚实和他们共同的愿望，优先考虑他们的任务。

有了威的接受，克劳斯感到可以自由地探索他与艾米丽之间的关系，而不用感到内疚。当天晚上，他找到了艾米丽，渴望表达自己的真实感受。

克劳斯澄清道："艾米丽，我逐渐意识到，我对你的钦佩已经超越了职业上的尊重。你给我的启发是我以前没有完全认识到的"。艾米莉的眼睛睁得更大了，希望和喜悦交织在她的表情中。"克劳斯，我也有同样的感觉。我一直努力尊重你和威的关系，但我对你的感觉却越来越强烈。"

他们的谈话标志着他们关系新篇章的开始。克劳斯和艾米丽在一起的时间越来越多，他们的感情随着每一次共同的发现和真挚的谈话而加深。他们互相支持对方的工作，结合各自的优势来揭开金字塔的秘密。

克劳斯和艾米丽的感情在火星的风景中开花结果。他们在金字塔的穹顶下分享安静的时刻，讨论他们的梦想和愿望。他们在探索和智力合作的熔炉中建立的联系，成为了两人力量的源泉。

威虽然一开始很伤心，但她在工作和其他队友的支持中找到了慰藉。她钦佩艾米丽和克劳斯的关系，认识到他们之间的真挚联系。威将她的精力投入到更多地了解火星文明的工作中，并在这项将他们聚集在一起的任务中找到了成就感。

宇航员之间的爱情和竞争考验了他们的决心和对彼此的承诺。通过诚实、尊重和理解，他们克服了个人挑战，作为个人和团队变得更加强大。艾米莉的执着和对知识的热情最终赢得了克劳斯的心，建立了既浪漫又专业的伙伴关系。他们之间的纽带，以及探险同伴之间的友情，为他们的任务奠定了坚实的基础，也为即将到来的重大发现做好了准备。

第 11 章："马盖先主义"

第一个挑战：全息守护者

宇航员必须集多种特质于一身。他或她应该什么都会一点：医生、飞行员、工程师、科学家、外语专家、耐力运动员。

有些人成为宇航员的动机可能始于对 20 世纪 80 年代虚构电影人物"马盖先"(MacGyver)®的认同。这个角色能在毫无希望的情况下保持冷静的头脑，并能随机应变，即找到创造性的解决方案，并以非常规的方式使用物品来解决问题。

就这样，六名宇航员站在了火星金字塔深处一个新发现的密室入口处。他们头灯发出的昏暗光线在古老的墙壁上闪烁，显露出错综复杂的雕刻和外星象形文字。空气中弥漫着期待的气息，以及淡淡的灰尘和金属的味道。

"大家小心，"哈里斯指挥官警告道。"我们不知道在这里面对的是什么。"

当他们踏入密室时，脚下的地面发生了震动。沉重的石门在他们身后砰地关上，把他们困在里面。墙壁开始颤抖，低沉的嗡嗡声充斥着整个房间。突然，一个外星守护者的全息投影出现在密室中央，挡住了他们通往远处一个神秘基座的道路。"我们得想办法让那个守护者失效，"艾米莉说，一边扫描房间寻找线索。

密室的震颤加剧了，天花板上开始掉落小块碎片。全息守护者的嗡嗡声越来越大，这是它即将发动攻击的警告吗？

艾米莉瞪大了眼睛，下定决心，在嘈杂声中大声喊道："我们必须快速行动。克劳斯，找到任何看起来像是控制面板的东西。伊万，看看你能不能找出这个守护者是如何供电的。"

克劳斯检查了全息图。"它很可能是由某种古老的装置控制的。我们只需要弄清楚如何进入它。"

索菲紧张得满头大汗，她用手指沿着墙壁，寻找隐藏的机关。"我们一定漏掉了什么。"她喃喃自语道。

"在这里！"
索菲的声音穿过一片混乱，把队员们的注意力吸引到她发现的隐蔽面板上。外星符号闪烁着微弱的光芒，只要他们能解开其中的秘密，就能找到解决办法。"这里有一些外星符号，还有一个看起来像键盘的东西。"哈里斯指挥官和威匆匆赶到她身边。"哈里斯指挥官擦了擦头盔面罩上的灰尘，说道："让我们看看能否弄明白这个问题。

研究过古代语言和符号学的威很快就开始了工作。"这些符号......它们不仅仅是数字。它们似乎代表了一连串的动作或命令。这是一种密码。"

与此同时，伊万跪在全息守护者旁边
研究着它的投影。"我认为它与基座有关，"他推测道。"如果我们能关闭控制装置，守护者应该就会失效。 但我们没有合适的工具来破解它。"

需要智慧和随机应变

艾米丽蹲在外星控制面板附近。她翻找着他们的补给品。她戴着手套的双手动作迅速，从装备库中取出电线、电池和一个小型手持扫描仪。他喃喃自语时，火星尘埃粘在了她的衣服上。艾米丽开始拆卸小型手持扫描仪。"如果我们能把这个扫描仪和键盘连接起来，也许就能解码并输入正确的序列。"索菲点点头，很快明白了计划。"我们需要剥开一些电线，重新布线。伊万，你能帮忙吗？索菲一向足智多谋，她从腰带里掏出一个小型多功能工具。"我们可能没有合适的工具，但我们可以随机应变。看看我们能想出什么办法吧。"

伊万点点头，他的工程学背景开始发挥作用。"就这么办。"

索菲使用多功能工具，小心翼翼地拆下了扫描仪的外壳，露出了精密的部件。伊万从他们的通讯设备上剥下电线，将扫描仪的电路连接到键盘上。大家紧张地默默工作着，动作精确而协调。

哈里斯指挥官和威围着面板，用他们对古代语言和外星技术的了解来破译这些符号。与此同时，索菲和伊万开始拆卸他们的设备，寻找可以重新利用的东西。

克劳斯在一旁把风，眼睛扫视着密室，寻找任何进一步不稳定的迹象。"快点，"他催促道。"守护者的嗡嗡声越来越大了。"

威和哈里斯指挥官一起破译外星符号。"这是一串质数，"威意识到。"如果我们按照正确的顺序输入，就能让守护者失效。"

装置组装完毕，密码也破译了，哈里斯指挥官站了出来。"好了，关键时刻到了。希望这能成功。"

哈里斯指挥官点了点头 "开始吧"

索菲将临时解码器连接到键盘上，尽管赌注很大，她的手还是很稳。她输入了质数序列，每个符号依次亮起。

设备发出嗡嗡声，键盘上的符号依次亮起。一时间，房间里充满了紧张的寂静。然后，全息守护者一闪而过，消失了。地面停止了震动，墙壁也停止了颤动。密室再次陷入寂静，只留下队员们站在原地，为他们的成就而敬畏。

解除了守护者的功能后，小队走近基座。基座上放着一个精雕细琢的小盒子。伊万小心翼翼地打开它，露出了一组数据晶体，其中包含有关金字塔建造者的宝贵信息。

"我们成功了，"索菲说，脸上洋溢着欣慰的笑容。"我们随机应变，战胜了挑战。"

哈里斯指挥官把手放在她的肩膀上。"这就是作为一名宇航员的意义--独立思考，团结协作。大家干得好。我喜欢大家齐心协力的样子！"

离开舱室时，队员们重新感受到了友爱和自信。他们面对了未知，取得了胜利，证明了凭借智慧和团队合作，他们可以克服火星金字塔给他们带来的任何障碍。

就这样，他们继续前进--
他们的即兴创作为世界架起了桥梁，解开了秘密。马盖先
"一定会为他们感到骄傲。

第二个挑战：共振陷阱

根据伊万发现的数据晶体，他们手中掌握着金字塔的蓝图。因此，他们冒险进入了金字塔的一个新区域，在那里，一个精心设计的桥梁网络连接着悬浮在地面上的多个房间。

在索菲和伊万的带领下，队员们兴致勃勃。他们的兴奋之情溢于言表，为了进一步振奋大家的精神，他们开始唱一首古老的地球之歌。旋律在金字塔巨大的洞穴空间中回荡，形成了另一个世界的交响乐。

当队员们走过一座更长、更精致的桥时，索菲和伊万的步调一致，不经意间形成了一种锁步。他们脚步的节奏加上他们的歌声，产生了与桥的自然频率相匹配的共振频率。桥体开始剧烈震动，导致队员们停住了脚步。

哈里斯指挥官感觉到了危险，大声叫大家停下来。但为时已晚。桥梁的支撑装置开始失灵，震动触发了古老的火星安全系统。舰桥迅速缩回，队员们发现自己被困在舰桥远端一个封闭的小舱内。

密室的墙壁开始关闭。一个隐藏的装置被启动，将他们困住。队员们必须迅速行动，以免被压扁。

即兴创作成形

哈里斯指挥官迅速评估了形势。"我们需要拆除关闭这些墙壁的装置。艾米丽，看看能不能找到任何控制面板或接入点。"

艾米丽点点头，和威一起开始检查墙壁和地板，寻找控制系统的任何迹象。与此同时，克劳斯分析了密室的结构完整性，寻找可以利用的薄弱点。

索菲和伊万为自己之前的失误感到内疚，决心弥补过失。伊万是电气系统方面的专家，他提出了一个计划。"我们可以利用设备和宇航服上的金属部件来创造一个机械解决方案。"

团队齐心协力，很快就收集到了材料。他们拆卸了宇航服上的一些非必要部件，如皮带扣和金属紧固件。伊万用他的多功能工具将这些金属片加工成临时的楔子和杠杆。具有结构工程背景的克劳斯指导大家将这些部件组装成一个干扰装置。随着墙壁的不断逼近，时间已经不多了。索菲用她稳定的双手将楔子和杠杆放置在墙壁交接的关键点上。艾米丽发现了一个狭窄的缝隙，似乎是关闭装置的一部分。

"我们需要手动停止这个装置，"艾米莉说，她的声音很急切。"如果我们能卡住它，就能为自己争取一些时间。"

克劳斯和伊万合力将楔子插入艾米莉找到的缝隙中。他们合力将金属片撬到位，形成了一个物理阻挡，阻止了墙壁的移动。机械装置试图关闭墙壁时发出的摩擦声越来越大，但这个临时干扰装置岿然不动。

墙壁停止了关闭，舱内的压力也稳定了下来。小组迅速评估了周围环境，寻找出口。威发现了一个小面板，似乎可以控制门的机械装置。

"这里！帮我打开它。"她喊道。哈里斯指挥官和索菲冲过去，用工具撬开了面板。在里面，他们发现了一系列齿轮和杠杆。

"我们需要手动操作这个才能打开门，"哈里斯指挥官说。"艾米丽，你能想出顺序吗？"

艾米丽点点头，脑子里飞快地思索着。"给我一点时间。"
她仔细研究了齿轮，按照特定的顺序将它们对齐。最后一推，门装置发出咔嗒声，暗门滑开，露出一条通往安全地带的通道。当他们在密室外重新集结，松了一口气时，哈里斯指挥官赞扬了队员们的快速思维和机智。"我们之所以能逃出来，是因为我们齐心协力，创造性地运用了我们的技能。这才是真正的'马盖先'。"

索菲和伊万交换了一个感激的眼神。索菲说："下次我们会更加小心的，"尽管气氛紧张，她还是微笑着说。

威还说："这次经历证明了我们是多么相互依赖。我们会一起面对接下来的一切。

队员们继续探索火星金字塔，他们之间的感情比以往任何时候都更加深厚，随时准备应对前面的任何挑战。

第三项挑战：移动地板

队员们继续探索火星金字塔，他们没有意识到，对他们智慧的又一次考验就在前方。他们进入了一个巨大的、光线昏暗的密室，密室里布满了复杂的机械和外星象形文字。除了偶尔传来的技术嗡嗡声，室内一片寂静。

随着他们向密室深处走去，"咔嗒
"一声巨响在房间里回荡。突然，他们脚下的地板开始移动，分成几个部分，开始上升和下降，形成了一个凹凸不平、不断变化的景观。这是一个陷阱，目的是迷惑和分离他们。被移动的地板隔开后，队员们努力保持在一起。哈里斯指挥官、艾米丽和克劳斯站在密室的一侧，而威、索菲和伊万站在另一侧。不断移动的地板使他们无法穿越回去。

更糟糕的是，天花板开始缓慢下降，如果他们不尽快找到出路，就有可能被压垮。队员们必须在为时已晚之前解除陷阱，重聚在一起。

临时解决方案

哈里斯指挥官在地板晃动的噪音中大声发出指令。"艾米丽、克劳斯，寻找任何控制面板或开关！威、索菲、伊万，看看你们这边能不能找到什么！"

艾米丽和克劳斯开始在墙壁上寻找任何控制装置的痕迹。与此同时，威注意到她附近的地板上有一串发光的符号。"我觉得这些符号可能是一条线索！"她喊道。

索菲仔细查看了这些符号。"它们看起来像是某种拼图。如果我们能正确地匹配它们，也许就能解除陷阱。"

一向足智多谋的伊万提出了一个计划。"我们需要互相交流看到的符号，找出正确的顺序。利用我们设备上的反光表面互相发出信号。"

队员们利用衣服碎片和工具，制作了临时镜子和反光表面。他们开始在房间里互相传递信号，分享他们看到的符号。

艾米丽和克劳斯在自己这边找到了一系列对应的符号。"我们需要按照正确的顺序匹配这些符号，"艾米丽推断道。"这就像一把密码锁"

随着天花板不断下降，队员们快速地工作着，来回发出信号，以正确地对齐这些符号。索菲和伊万小心翼翼地按下自己这边的符号，艾米丽和克劳斯也做着同样的工作。

地板不断移动，使他们很难保持平衡。哈里斯指挥官让大家集中注意力。"保持冷静和稳定。我们能行。"

随着符号的正确对齐，"咔嚓"一声巨响在舱内回荡。移动的地板突然停止，下降的天花板开始收缩。陷阱被解除了。

队员们松了一口气，在密室中央重新集合。"大家干得好，"哈里斯指挥官称赞道。"我们敏捷的思维和团队合作再次拯救了我们。"

索菲和伊万击掌相庆。"索菲咧嘴笑着说："好险，但我们做到了。

威补充道："我们是一支相当不错的团队。希望我们不用再解那么多类似的谜题了。

队员们继续探索，他们对自己克服火星金字塔所带来的挑战的能力更有信心了。他们知道，只要齐心协力，发挥自己的聪明才智，就能面对任何障碍。

第 12 章：拉尼亚凯亚之谜

发现

下一个火星金字塔的密室沐浴在一种超凡脱俗的光线中，投下错综复杂的阴影，随着宇航员们对其奥秘的深入研究，这些阴影似乎在舞动和变换。不过，哈里斯指挥官没有参加今天的探索之旅，因为他患上了太空病或太空适应综合症（SAS），这种病类似于晕车，可由混合重力或重力变化的影响引发。虽然火星的重力约为地球重力的

38%，但在微重力（如在宇宙飞船中）或地球重力环境下，过渡到这种不同的重力环境会引起一系列症状，如恶心和呕吐、精神错乱、头痛、食欲不振和疲劳。因此，他今天就待在自己的栖息地里，把探索工作留给了急于开始工作的队员们，试图恢复体力。

宇宙图书馆揭示了许多秘密，但最吸引人的莫过于拉尼亚凯亚地图--
包括银河系在内的巨大银河超星系团。

克劳斯研究着全息显示屏，惊奇地瞪大了眼睛。"拉尼亚凯亚"，他喃喃地说。"在夏威夷语中，它的意思是
"不可估量的天堂"。这......这是我们整个宇宙邻域的地图。"

艾米莉凝视着错综复杂的星系网。"真是令人叹为观止，"她轻声说道。"一个由恒星和行星组成的巨大网络，所有这些都相互关联。火星人会用这个做什么呢？"

当他们继续研究地图时，金字塔似乎对他们的好奇心做出了回应。符号和石刻亮了起来，揭示了更多关于火星文明的目的。索菲用手指划过发光的铭文，脑子里飞快地翻译着这些古老的语言。

"火星人不仅仅是探险家，"她说，声音中充满了敬畏。"他们是知识的守护者，宇宙秘密的管理者。"

站在她身边的伊万点了点头。"他们把自己视为宇宙的管理者，维护和保护着各星系生命和能量的平衡。"

拉尼亚凯亚的地图不仅仅是一个静态的展示，它还是一个动态的、有生命的网络。光线跳动、变换，显示着星系间能量和信息的流动。威，她的眼睛因着迷而变得明亮，指着一个特别有活力的节点。

"她说，"这就是拉尼亚凯亚的心脏。这里是能量汇聚的地方，是力量和知识的中心点。火星人一定是用它来监控和维持超星系团的稳定。"

和谐枢纽

研究小组重点研究了拉尼亚凯亚的中心枢纽，这里是能量流汇聚的地方。金字塔显示了更多细节，其结构和机械远远超出了他们的想象。克劳斯的科学好奇心被激发了出来，他凑得更近了。

"这些东西的先进程度超出了我们的想象，"他说。"能源管理系统、数据储存库、通信网络--这就像是超星系团的中枢神经系统。"

艾米莉的眼睛睁得更大了，因为她意识到了其中的含义。"她说："它们不仅仅是在监控星系。"它们在积极地管理它们，确保和谐与平衡。"

金字塔的光芒越来越强，把他们的注意力吸引到了地图上的一个特定点--拉尼亚凯亚边缘的一个遥远星系。苏菲眯着眼睛看着发光的符号，解读着它们的含义。

"这似乎是一个求救信号。"她急切地说。"一个星系遇到了麻烦，它的能量流被打乱了。"

伊万的脸色变得坚毅起来。"我们需要调查。"他说。"火星人把他们的知识托付给了我们。我们有责任继续他们的工作。"

队员们收拾好装备，准备探索这一新领域。金字塔的能量在他们周围涌动，引导并支持着他们的努力。当他们回顾自己的计划时，他们感受到了一种责任感和使命感。

"我们不再只是探险者，"克劳斯声音坚定地说。"我们是守护者，追随火星人的脚步。"

当他们研究全息地图时，他们注意到拉尼亚凯亚的中心是一个巨大的、发光的密室，里面充满了全息显示屏和先进的机器。空气中充满了能量，墙壁上闪烁着柔和而有节奏的光芒。

"就是这里了。"威说，她的声音充满了敬畏。"拉尼亚凯亚的心脏。连接无数星系的中心点"

艾米莉若有所思地敲着下巴。"我们需要了解干扰的性质，"她说。"是自然的还是人为的？是什么造成的？"

克劳斯点头表示同意。"我们先从隔离干扰源开始。我们可以利用金字塔的分析工具来更清楚地了解情况。"

利用金字塔的先进技术，宇航员们开始剖析数据。艾米丽和克劳斯负责分离特定的波长和能量特征，索菲和威则负责翻译附带的石刻，以了解历史背景。

"这是一种人为干扰，"艾米莉过了一会儿说。"有人或有东西在制造这种干扰。"

索菲解码了更多的字形，补充说："它似乎与一个古老的火星前哨站有关。他们留下了管理能量流的机器，但有些东西出了问题。"

确定了干扰的性质后，小组开始制定计划。伊万一向是个战略家，他概述了他们的方法。

"我们需要恢复平衡，"他说。"我们首先要确定前哨站的确切位置，并评估受损情况。"

威表示同意。"我们还应该为任何潜在的挑战做好准备。如果这是一个火星设施，我们可能会面临安全措施或功能失常的问题。"

金字塔的技术允许与遥远的前哨站进行远程连接。艾米丽和克劳斯建立了安全链接，索菲和威则监控着数据流。

"我们进去了，"克劳斯说，手指在控制面板上飞舞。"系统仍在运行，但能量调节器严重受损。"

艾米莉皱起了眉头。"我们能远程修复吗？"

初步扫描显示，许多问题都可以远程解决。团队开始利用金字塔的高级界面重新规划能量流的路线，修复受损电路。

伊万说："这就像在数百万光年之外做手术一样，"他的眼睛紧盯着全息显示屏。

威还说："我们必须精确。一着不慎，我们可能弊大于利。"

克服障碍

在工作过程中，他们遇到了意想不到的挑战。自动防御系统启动，误将干扰当成攻击。队员们必须小心翼翼地驾驭这些系统，利用金字塔的知识来解除它们，以免造成更大的破坏。

索菲的手指灵巧地操纵着控制器，她说："这些防御系统很先进，但我们有火星的知识。我们能做到。"

经过几个小时的紧张工作，能量流开始稳定下来。求救信号消失了，取而代之的是稳定和谐的脉冲。

"这是一个微妙的平衡，"克劳斯说。"我们需要让能量流完全一致，否则就有可能造成更大的破坏。"

随着他们的工作，情况越来越紧迫。能量流越来越不稳定，有可能引发灾难性的崩溃。伊万和威精准地移动着，调整机器，微调能量输出。

"我们就快成功了，"威说，声音有些紧张。"只差一点点了。"

经过最后一次调整，能量流稳定下来，求救信号也停止了。队员们集体松了一口气，肾上腺素怦怦直跳。

"我们成功了，"索菲说，脸上洋溢着胜利的微笑。"我们拯救了银河系。"

"是的，的确。我们成功了，"克劳斯说，脸上洋溢着胜利的微笑。"前哨站重新上线了，能量流也稳定了。"

艾米莉松了一口气。"银河系暂时安全了。我们尊重了火星人的遗产。"

当他们站在金字塔的中心时，周围的光线以一种近乎心跳的节奏跳动着--这是对他们成就的无声认可。他们证明了自己无愧于火星人的信任，成为了真正的宇宙守护者。

"我们有责任，"伊万说，他的声音充满了决心。"保护和维护宇宙的平衡。"

"而且要继续学习，"艾米莉补充道，她的眼睛里闪烁着去终结的光芒。"探索并理解拉尼亚凯亚以及更远地方的奥秘。"

拉尼亚凯亚的任务暂时完成了，队员们准备返回栖息地，心中充满了新的使命感。虽然前路茫茫，但他们知道自己已经做好了迎接任何挑战的准备。

当他们从全息显示屏前退后时，金字塔低声说出了它最后的智慧之言："知识是指引我们穿越黑暗的明灯 "做宇宙的守护者 让你们的光芒闪耀"

就这样，宇航员们回到了他们的基地，准备以勇气和决心面对未来，他们的纽带比以往任何时候都更加牢固，因为他们开始了下一次伟大的冒险。在此期间，哈里斯指挥官的健康状况有了明显改善。

第 13 章：破解密码

网关机制

在下一个索尔天上的一个基座上，哈里斯指挥官发现了一张金字塔本身的去尾示意图。图的中心描绘了他们在外面的雕刻中看到的大型圆形门户。

"看看这个，"哈里斯指挥官喊道。"这似乎是大门的蓝图。如果我们能破译这个，也许就能知道如何启动它。"

克劳斯也加入了他的行列。"如果我们能激活网关，它就能带我们去其他地方，甚至是其他世界。"

当他们进一步探索时，他们发现密室的另一个部分专门用于展示守护者形象。全息投影显示了守护者们的行动，他们保卫着关键地点免受威胁。这些守护者不仅仅是象征性的；他们是先进的构造物，可能是机器人或生物机械设备，旨在保护火星文明最宝贵的资产。

艾米丽研究着这些投影，说道："这些守护者是精密的安全系统。它们可能是这座金字塔及其知识长久以来完好无损的原因"。在密室的尽头，他们发现了一扇华丽的大门，门上布满了象形文字和雕刻。这扇门似乎在跳动着微弱而有节奏的光，仿佛有生命一般。

"哈里斯指挥官把手放在门上说："这一定通向更重要的东西。"我们得想办法打开它。"

威审视着这些象形文字，注意到了一个图案。"我认为这是另一种序列，就像我们用来激活基座的序列一样。让我们试着破译它。"

小组成员齐心协力，按照正确的顺序小心翼翼地按下了象形文字。门发出了低沉嘹亮的钟声，慢慢地打开了，露出了一个发光的密室。

当他们踏入新的密室时，头灯照亮的景象让他们屏住了呼吸：一个巨大的、雕刻复杂的结构，似乎充满了能量。房间中央是一个巨大的圆形入口，闪烁着异世界的光芒。

哈里斯指挥官转向他的团队，声音中充满了敬畏。"我们才刚刚触及表面。这扇门可能是打开火星文明之谜的钥匙
甚至可能是宇宙本身的秘密"带着激动和崇敬的心情，队员们准备深入金字塔的中心，揭开古代火星人的终极秘密。

全息显示屏闪烁着火星城市、星际飞船和光明生物的图像。象形文字跳动着，揭示着与地球物理学相悖的方程式。

索菲摸了摸一张石头脸。"她默默地问："你们想要我们做什么？

石面回答了--在他们的脑海中，在他们的灵魂中。它诉说着宇宙的循环、升华和选择。金字塔不仅是通往火星的大门，也是通往星空的大门。

随着探索的深入，他们发现了从主厅分支出来的小房间。每个房间里都摆放着工艺品，从工具和武器到似乎是金属物质制成的卷轴。

索菲一边检查其中一个卷轴，一边喊道："这些卷轴里可能有他们的记录。我们需要把它们带回基地进行分析。"

伊万同意了，他小心翼翼地收拾着卷轴。"我们需要小心处理它们。经过这么长时间，它们可能很脆弱。"

在一个较深的房间里，他们发现了一个似乎是王座的房间。一张华丽的大椅子矗立在中央，正对着一面雕刻着详细星际地图的巨大墙壁。

艾米莉被地图吸引住了，她用鳍笔描绘着星座。"这可能是他们的导航系统，他们使用星门的指南。"

威点点头，她的眼睛反射出雕刻的光芒。"我们需要重现这个。它可能会告诉我们如何启动机器。"

克劳斯站在王座旁，发现扶手上嵌有一系列按钮和杠杆。"这个王座可能就是控制中心。如果我们能了解它的工作原理，也许就能操作网关。"

哈里斯指挥官感到了一种紧迫感，他对队员们说。"让我们把这里的一切都记录下来，然后开始解码控制装置。我们正处于重大事件的边缘。"

在团队的不懈努力下，几个小时变成了几天（或者更确切地说是几个索尔），他们最初的敬畏之情逐渐变成了专注的决心。艾米丽和威现在合作无间，负责破译象形文字，而克劳斯则负责分析所用材料的化学成分。

伊万和索菲的感情与日俱增，他们负责勘探工作的物质方面，确保每一件文物都得到精心保存。

一天晚上，队员们聚在一起难得地休息了一会儿，哈里斯指挥官向他们致辞。"我们取得了令人难以置信的进展，但仍有许多东西有待发掘。我们的任务在不断发展。我们不仅仅是探险家，我们还是历史学家、科学家和另一个世界的外交官。"

队员们点了点头，一种团结和目标感充斥着整个房间。他们不仅仅是在发掘过去，他们还是两个世界、两种文明之间的桥梁。

他们的任务已经从探索演变成求知，他们的旅程将超越火星的限制，进入广袤的未知世界。在古老火星文明遗产的激励下，他们将一起继续挑战人类成就的极限。

天国法典

当船员们聚集在阿斯特雷乌斯周围时，密室里嗡嗡作响，充满了活力--这张石脸既是他们的向导，也是他们的知己。索菲抚摸着错综复杂的雕刻，手指拂过那些仿佛有生命脉搏跳动的符号。伊万站在她身边，他们的爱是面对宇宙启示时无声的承诺。

"阿斯特雷乌斯，"索菲低声说，"《天体法典》里有什么？"

苏菲故意提到希腊神话。阿斯特雷乌斯是泰坦神，与黄昏和星辰有关。他是克里乌斯和欧律比亚之子，经常与黄昏和风联系在一起。阿斯特雷乌斯也是风神阿涅莫伊（Anemoi）和星辰之父，因为他与黎明女神伊俄斯（Eos）结合。

因此，"Astraeus "的字面意思是 "星辰 "或 "星星"，突出了他与天体和现象的联系。

石面不是用文字，而是用图像和符号做出了回应：

沐浴在星光下的火星城市，在星座间翩翩起舞的纯能量生物--
曾经在这颗荒凉星球上繁衍生息的文明。他们已经超越了物质形态，他们的意识与宇宙的结构融为一体。

"法典"，阿斯特雷乌斯说，"是他们智慧的结晶，是他们的遗产。"

艾米莉走上前去。她的分析头脑飞速运转着，将这些点点滴滴联系起来。
"超光速旅行，"她说。"打开星空的钥匙。想象一下人类能实现什么--
超越太阳系的飞跃。"

克劳斯点了点头。"他说："但《密码》需要牺牲。"我们准备为这些知识付出多大的代价？"

索菲看着伊万。"我们的爱"，她说，"是一种超越宇宙界限的力量。但如果这还不够呢？"

他们发现了一个晶体结构--
天书本身。它的切面折射出光线，在密室中投射出彩虹。艾米莉的手指在表面徘徊，犹豫不决，却又迫不及待。水晶的刻面不仅仅是装饰，而是复杂的多维谜题的一部分。

"哈里斯指挥官问道："你对这个有什么看法？

艾米莉的眼睛扫视着网格。"这些数字......它们不是随机的。这是有规律可循的。"

克劳斯是一位精通数学的生物化学家，他点了点头。

"你说得对，艾米丽。这让我想起了一些熟悉的东西。"

索菲指出了几个序列。"看看这些： 1, 1, 2, 3, 5, 8, 13...
这是斐波那契数列"

"斐波那契数列？" 威询问道。

"这是一个数列，每个数字都是前两个数字之和，"克劳斯解释道。"它存在于大自然中，如树叶的排列、花朵的图案，甚至星系的螺旋。"

伊万更仔细地研究了面板。"如果这是斐波那契数列，那么也许关键就在于完成或识别这些数列。"

艾米丽总是能很快捕捉到数学线索，她建议说："让我们来验证一下这个理论。我们需要确定网格中是否有数字缺失或位置不对。如果我们能纠正或补全序列，就有可能触发一个机制。"

他们都围在面板周围，检查着这些数字。很明显，在预期的序列中缺少了一些数字。他们开始填补空白，每个宇航员都贡献出自己的知识和专长。

哈里斯指挥官一边填一边喊出数字： "1, 1, 2, 3, 8, 13, 34, 55..."

索菲在哈里斯指挥官喊出数字的同时记下了它们，她注意到了一件事。"等等，这里少了一个数字。在 8 和 13 之间，我们需要 5。"

"没错。"克劳斯说。"这里，13 和 34 之间，我们需要 21。"

威若有所思地敲着下巴。"所以，我们需要把这些缺失的数字输入网格。"

伊万开始在面板上按下相应的符号。当最后一个数字被按下时，他们都屏住了呼吸。就在那一刻，水晶似乎有了反应，里面的光芒闪烁，露出了一个隐藏的隔间。在里面，他们发现了一个古老的卷轴，卷轴表面布满了和水晶一样的复杂图案。

"看来我们成功了，"伊凡说，脸上洋溢着笑容。

薇小心翼翼地展开卷轴，眼睛扫视着上面的文字。

"法典里有什么秘密？"艾米丽喃喃自语，她的眼睛重新折射出万花筒般的光芒。

"这里说，"威说："通道，世界的排列。宇宙的结合--
一切都会导致一个决定。"

克劳斯看着威："也许这本手抄本不仅能揭示知识，还能揭示我们的命运？"

艾米丽描摹着手抄本上复杂的图案。"她说："这不仅仅是知识。"这是一个宇宙方程式--一个微妙的平衡。"

克劳斯点了点头。"为了释放它的力量，"他解释道，"我们必须牺牲一些珍贵的东西--生命力。"

索菲看着伊凡，她的爱是一种无声的承诺。"但谁的生命呢？"她低声问道。

第 14 章：背叛

随着天文学家们破解了更多关于神秘网关的信息，火星金字塔内的气氛越来越紧张。他们恍然大悟，激活网关可能需要巨大的牺牲，可能会危及某些人的生命。这一启示沉重地笼罩着整个团队，引起了不安，并引发了潜在的紧张关系。

揭开通道的秘密

经过几天的深入研究，威和艾米丽成功破解了启动网关的最终指令。石刻显示，网关需要 "生命能量 "的传输才能运行--也就是说，
必须有一个活人踏入网关为其提供能量，而且可能一去不复返。

哈里斯指挥官召集了团队。"我们要做出一个艰难的决定。这个网关可能是获得难以想象的知识的关键，但代价很高。必须有人进入它，我们不知道一旦他们进入会发生什么。"

伊万毅然决然地站了出来。"我会做到的。这是千载难逢的机会，如果这意味着我们的未来有了保障，那就值得冒这个险。"

听到伊万的表白，索菲的脸色变得苍白。在执行任务的过程中，他们的关系越来越亲密，彼此的感情也在悄然加深。一想到要失去伊万，她就无法忍受。

前夜

那天晚上，索菲一直在和自己的情绪搏斗。她无法忍受伊万牺牲自己的想法。绝望啃噬着她，她知道自己必须采取行动。

她找到了威，威还在加班到深夜，一丝不苟地整理着他们收集到的数据。索菲的眼睛眯成一条缝，观察着这位身材矮小的工程师，一个计划正在她的脑海中形成。

背叛行动

第二天，当小组成员聚集在入口前时，大家的情绪都很高涨。伊万严阵以待，表情既恐惧又坚定。

索菲心急如焚地走近他。"伊万，等等。我们需要仔细检查一下系统。让我确认一下一切都准备好了。"

伊万点点头，对她深表信任。索菲走到控制面板前，瞥了一眼威，后者正在全神贯注地校准一些设备。索菲深吸了一口气，心怦怦直跳，然后开始行动。

她以敏捷而熟练的动作，将威推向大门。这位身材娇小的工程师踉跄了一下，她的眼睛瞪得大大的，满是震惊和疑惑。

"索菲，你这是……" 威的抗议被打断了，因为她被索菲的推力推向前方。

威的最后一句话几乎听不见了。其他人听出来的大概是："为了人类"。

伊万意识到发生了什么，猛扑过去想阻止她，但为时已晚。网关的传感器
启动了，锁定了威。这台古老的机器嗡嗡地启动了，它从俘虏身上汲取能
量，不断增强自己的力量。

后果

当网关启动时，房间里充满了灿烂的异世界之光，它的机械装置呼呼作响·光芒四射。队员们目瞪口呆地看着威被光芒笼罩，她的身影渐渐消失在光芒中。

"索菲，你做了什么？艾米丽大叫着冲向控制面板，拼命试图扭转这一过程·但这是徒劳的。网关已经启动，威也不见了。

哈里斯指挥官一把抓住索菲·把她从控制台上拉开。"为什么·索菲？你为什么要那么做？"

索菲的眼睛里充满了恐惧和反抗。"我不能让伊万走。我不能失去他。薇--她没必要牺牲自己。I... 我只是做出了反应。"

伊万因震惊和愤怒而脸色苍白·他从索菲身边退开·不敢看她。"你谴责了她·索菲。我们不知道另一边是什么。你的行为是出于自私和恐惧。"艾米丽的声音因愤怒而颤抖·她补充道，"你背叛了我们所有人。我们是一个团队·索菲。你辜负了我们的信任。暗地里·她很感激索菲，因为她和克劳斯的情敌已经不复存在了。当然·她不能正式承认这一点。

团队的其他成员陷入了混乱。网关仍然处于激活状态，其神秘性已被激活的代价所掩盖。他们获得了难以言喻的知识，但代价是他们的凝聚力和一位值得信赖的同事的生命。

哈里斯指挥官试图重新控制局面，他说："我们需要记录下这里发生的一切。我们需要了解我们所做事情的后果。但最重要的是，我们要向威致敬，确保她的牺牲不会白费。"

伊万转身面对大门，表情坚决。"我不会让她白白牺牲的。我们必须找出另一边有什么，以及火星人为什么要建造这个通道。这是我们欠她的，也是我们自己欠她的。"

随着金字塔的颤抖，索菲紧紧抱住伊凡。她说："我们注定要打开星门。"
"但代价是什么？"

克劳斯的目光与索菲对视。"他说，"背叛是永恒的伤痛"

网关机器关闭时，金字塔在颤抖。

克劳斯站在它面前，心中充满了悔恨。威的牺牲一直萦绕在他的心头--她半成品的记忆，悬浮在宇宙的边缘。克劳斯踏上石台。他在寻求救赎--为了威，为了索菲，为了全人类。他的脑海中回荡着她最后的遗言"为了人类"但这句话的真正含义是什么？牺牲是通往觉悟的唯一道路吗？

艾米莉跟在后面，她的眼睛里充满了野心。她一直渴望知识--那种超越教科书和方程式的知识。法典曾悄悄告诉她一些秘密，许诺她可以解答一些未解之谜。永远离开我们的世界并没有让她感到畏惧，反而让她兴奋不已。

索菲犹豫了。她对伊凡的爱与负罪感交织在一起--
背叛和牺牲威的负罪感。她看着威消失在宇宙的洪流中。但那之后是什么呢？救赎？答案？还是更多的心痛？

就这样，在火星的中心，爱与牺牲碰撞在一起--
宇宙之舞有可能将他们撕裂。

第 15 章：威的旅程

当门户的光芒笼罩着威时，她感到一种被同时拉向多个方向的强烈感觉。这种感觉让人迷失方向，就好像她的本体在时空结构中被拉伸一样。她能听到火星技术嗡嗡作响的微弱回声，与一种比她遇到过的任何东西都要古老和强大得多的能量源和谐共存。

过渡时期

威的视线变得模糊，然后转为万花筒般的色彩，分形在她周围盘旋。被拉伸的感觉让位于漂浮感，仿佛她悬浮在现实之间的虚空中。渐渐地，色彩和图案凝聚在一起。

抵达新世界

当迷失方向的过渡终于结束时，小玮发现自己站在了一个完全不同的环境中。她置身于一片广阔、开阔的景色中，似乎在向四面八方无限延伸。头顶的天空是深沉的暮紫色，点缀着陌生的星座和两个大月亮，让大地沐浴在柔和、空灵的光芒中。她脚下的土地上长满了奇异的生物发光植物，这些植物发出柔和的光，照亮了她前进的道路。尽管周围的环境很陌生，但威却感到一种莫名的平静，仿佛这个地方本身就在欢迎她的到来。

外星景观

在探索周围环境的过程中，威惊叹于新世界的超现实之美。高耸的晶体结构拔地而起，将月光折射成五彩缤纷的光谱。液态光的河流流经整个景观，它们的水流在生物发光植物上投下闪闪发光的倒影。

她注意到智慧生命的迹象—

在冰晶石上雕刻的小路、刻在岩石上的奇怪符号，以及类似工具和装置的人工制品，尽管其形式和材料她无法立即理解。

古城

沿着其中一条发光的小路，威来到了一座古城，它似乎与自然景观融为一体。这里的建筑与她见过的任何建筑都不一样：建筑物由半透明材料制成，从内部散发出柔和的光芒，建筑似乎漂浮在地面之上。**当她深入城市时，发现中央广场上有一座巨大的五面金字塔，与火星上的金字塔相似。她突然意识到--**
这可能是一座姊妹金字塔，是横跨多个世界的网络的一部分。

网关节点

在金字塔的底部，她发现了另一个门户，周围环绕着复杂的雕刻和符号。这里的石刻与火星金字塔中的石刻相似，但更加复杂，这表明了更高的理解水平，或许是更古老的起源。

通过观察这些符号，威意识到这个通道可以连接到许多其他地方，可能包括地球。她的心怦怦直跳，因为她有可能回到家乡，或者发现更多关于火星文明在宇宙中的影响力。

知识守护者

就在她思考下一步行动时，一个闪闪发光的身影从金字塔的入口处走了出来。那是一个外星生物的全息投影--
高大而优雅，四肢修长，表情宁静而睿智。这个生物用一种语言说话，在威的脑海中产生了共鸣，不仅是声音，还有纯粹的含义。

"代表阿卡拉。欢迎你，旅行者。"守护者说。
"你已经进入了世界的节点。在这里，无数文明的知识被保存下来，抵御时间的摧残。你在寻求理解和回家的路。"

威点点头，声音因激动而颤抖。"是的，我想。你能帮助我吗？我能回到地球吗？"

守护者的全息眼睛仿佛能看透她的灵魂深处。"大门连接着许多地方。要回到你的世界，你必须了解这些路径和所需的牺牲。这些知识是你可以寻求的，但你必须证明自己的价值。"

价值的考验

守护者引导她进入金字塔，在那里，她面临着五个密室中的一系列考验，旨在测试她的智力、勇气、正直、专注力和知识。每个密室都向她提出了挑战--
复杂的谜题、道德困境的模拟，以及挑战她极限的体力任务。小玮站在金字塔第一个密室的入口处，她的心怦怦直跳，充满了期待和一丝惶恐。守护者的话在她的脑海中回荡："要想回到你的世界，你必须证明自己的价值"。

这让她想起了传说中少林寺僧侣们必须通过最后考核的臭名昭著的密室。虽然她经常练习中国传统武术以强身健体，但她并不像武僧那样训练有素。她深吸一口气，迈步向前，准备迎接前面的任何挑战。

第一个挑战：智力密室

第一间密室是一个巨大的大厅，里面摆满了漂浮的几何图形，每一个都散发着内在的光芒。符号和方程式在空中飞舞，以复杂的模式变换和重新排列。

目标： 解开几何谜题 解开几何谜题，解锁下一个通道。

威认出这些符号是火星数学和空间逻辑的混合体。她伸出手去触摸其中一个漂浮的图形，它就会做出反应，扩展成一个三维谜题。每道谜题都要求她将图形和符号组合成一个和谐的结构。

第一道谜题： 旋转四面体

第一个谜题是将一系列旋转的四面体（三角形金字塔）对齐，使它们的影子在地面上形成一个特定的图案。威利用她的工程学技能了解了旋转的力学原理，并很快解决了这个问题。

第二个难题：能量流的平衡

第二道谜题要求她平衡相互连接的形状之间的能量流，就像管理电网一样。她利用自己的电力系统知识，调整能量流，直到这些图形发出一致的光芒。

每解开一道谜题，墙壁的一部分就会溶解，露出通往下一个分室的道路。

智力密室是一个巨大的大厅，里面摆满了漂浮的几何图形，每一个都散发着内在的光芒。符号和方程式在空中飞舞，以复杂的模式变换和重新排列。前两个谜题考验了宇航员的空间感知和工程技能，但第三个谜题更具挑战性。

第三个谜题：球体共振

当第二个谜题密室的墙壁溶解，露出通往下一个密室的道路时，威向前走去，准备迎接前面的任何挑战。这间密室比前几间都要小，穹顶上镶嵌着闪闪发光的水晶。中央悬浮着一个大型球形结构，由相互连接的小球体组成，每个球体都发出独特的音调。

小玮走近这个结构，敏锐的目光扫视着错综复杂的球体网络。每个较小的球体表面都刻有符号和波形，所有球体都以不同频率的光和声跳动。

目标： 协调这些球体的频率，打开下一个通道。

初步分析

小玮立刻意识到这是一项挑战。这些符号和波形让人想起她之前解过的谜题，但这一次，解题的关键在于她能否单独理解和操纵声频和光频。

小玮自言自语道："这些球体……代表不同的频率。声音、光线，甚至电磁波。我需要让它们同步"。

她伸手触碰其中一个球体，球体发出清脆的音调，在室内产生共鸣。音调起伏不定，在其他球体中产生了涟漪效应。她意识到，每个球体的频率都会影响其他球体。

破译符号

威首先检查了离她最近的球体上的符号。这些高象形文字暗示了一个起点：首先需要确定一个基频。她调整了附近面板上的控制装置，将球体调整到与指示频率一致。

步骤 1：确定基频

当她微调第一个球体时，它发出了稳定和谐的音调。周围的球体也做出了反应，它们的光频和声频开始与基频一致。

威肯定地说："好了，一个搞定。现在调整其他的"。

平衡频率

接下来的每个球体都需要精确调整。威利用她的声学和电磁波知识来平衡频率，确保每个球体都能与基音和谐共振。

步骤 2：同步二级频率

威在一个球体与另一个球体之间移动，她的手指灵巧地操纵着控制装置。她调整波长和振幅，使每个球体保持一致。当她这样做时，室内充满了和谐的光与声，形成了一曲共鸣的交响乐，在圆顶天花板上回荡。

调整最后一个球体

最后一个球体是最复杂的。它包含多个重叠的波形，每个波形代表一种不同的频率。小卫明白，这个球体是拼图的基石，它的排列将完成谐波结构。

步骤 3：协调重叠的频率

威深吸一口气，集中精神。她想象着波形，每一层都代表着阿卡拉技术的不同元素。她利用自己的专业知识，逐一调整频率，确保它们与现有的谐波结构完美融合。

随着最后的调整到位，球体发出了清晰纯净的音调，响彻整个密室。其他球体也做出了同样的反应，它们的光线和声音融为一体，形成了一个和谐的整体。

通道开启

随着最后一个谜题的解开，密室发出了轻微的嗡嗡声。球形结构开始发出更亮的光，表面上的符号用柔和空灵的光照亮了整个房间。墙壁闪闪发光，慢慢溶解，露出了一条隐藏的通道。

威："我成功了。频率协调了。

她退后一步，欣赏着自己的作品。这种成就感让她充满自豪，因为她知道自己凭借智慧和技巧解开了谜题。

当她穿过新发现的通道向前走时，和谐交响乐的回声在她身后的密室中久久回荡。威知道，她的旅程还远远没有结束，阿卡拉文明的奥秘还在她面前继续展开。她已经准备好迎接未来的任何挑战，用知识和决心武装自己。

第二个挑战：勇气密室

第二间密室是一个宽阔的竞技场，光线昏暗，寂静得令人毛骨悚然。阴影在她视野的边缘移动。

目标： 面对并克服生理和心理恐惧。

突然，阴影凝聚成了有形的东西--
这些生物体现了她内心深处的恐惧和不安全感。它们以可怕的速度向她扑来，迫使她做出本能反应。

在躲避这些生物的过程中，威的心在狂跳。她意识到光靠体能是不够的，她必须直面自己的恐惧。她从武术训练中汲取经验，集中精神，控制呼吸。

她面对每一个怪物，承认它们所代表的恐惧。随着她的动作，这些生物开始溶解，威胁逐渐消失。最后一个生物代表着她对失败的恐惧，它高耸入云，咄咄逼人。她鼓起全部勇气，向前迈出一步，用成功的信念和失败的教训来面对它。怪物化作细雾消散了，通往下一个密室的道路打开了。

第三个挑战：诚信室

第三间密室是一个宁静的花园，中心是一个宁静的水池。水池周围是火星人的雕像，他们摆出各种冥想姿势。

目标： 做出符合道德规范的决定，展现正直和同情心。

威走近水池，看到了自己的倒影，以及她的船员和亲人的全息影像。守护者的声音在她周围回荡："要继续前进，你必须做出兼顾逻辑与同情的决定。

全息场景开始在她周围展开，每个场景都提出了一个道德难题：

资源分配：
一个定居点需要关键的物资来维持生存，但公平地分配物资意味着每个人都能获得足够的物资，而偏袒一个群体则会确保他们的长期生存，但却要以牺牲其他群体为代价。威选择公平分配物资，确保每个人都有机会，这体现了她对平等和公平的信念。

为大局牺牲：

一个场景描述了一个人需要牺牲自己来拯救许多人的危机。这个人是他的朋友。威面对情感波动，做出了重大局轻个人的决定。她选择了拯救更多人，理解了背后痛苦但必要的逻辑。

宽恕与救赎：

昔日的对手在危急关头寻求救赎和帮助。威不得不决定是否信任他们。她从自己的团队合作经验和变革潜力中汲取灵感，选择提供帮助，展现了她对第二次机会和成长能力的信念。

她的每一个决定都经过了守护者的权衡，每一次正确的道德选择，她周围的花园都会绽放得更加灿烂、更加生机勃勃。最后，一条由发光的石头铺成的小路将她引向倒数第二间密室。

第四个挑战：专注室

当玮跨过门槛的那一刻，她进入了一个宽敞、光线昏暗的密室。一阵阴森

的凉风拂过她的皮肤，带着古老石头的气味和一种难以名状的异样气息。墙壁上装饰着复杂的雕刻和符号，闪烁着微弱的光芒，投射出幽灵般的阴影。

目标： 保持精神上的坚韧、精确、适应性和身体上的纪律。

房间中央矗立着一个基座，基座由一种像液态银一样闪闪发光的材料制成。上面放着一张弓，与她见过的任何一张弓都不同。这把弓似乎在跳动着微弱的内光，旁边放着一个箭筒，每个箭尖上都有一个发光的箭尖。

威小心翼翼地走近基座。当她伸手去拿弓时，一个低沉嘹亮的声音充斥着整个房间，用一种她能听懂的语言说道："通过专注和技巧来证明你的价值。只有这样，你才能通过"。

现在弓在她的手中，威感到一种奇怪的联系，仿佛它是自己的延伸。她把箭筒背在肩上，后退了几步，扫视着室内，寻找挑战的第一个迹象。

毫无征兆地，墙上和地板上出现了一系列靶子。每个目标都有不同的符号，并发出不同强度的光芒。有的静止不动，有的则开始移动，在空中不规则地飞舞，或在地面上迅速滑动。威扣上了箭梢，她的感觉变得敏锐起来，专注于最近的目标。她向后拉开弓弦，感受着完美的十连音，然后松开。箭准确地飞了出去，"砰
"的一声射中了目标的中心。瞬间，目标消失了，另一个目标出现在更远的地方。

当她击中每一个目标时，这些目标都会消失，取而代之的是新的目标，每一个目标都会带来更复杂的挑战。目标开始接二连三地出现，移动速度越来越快，越来越难以预测。空气中充斥着令人分心的噪音--
回声、窃窃私语和远处看不见的机器的隆隆声--
所有这些都是为了分散她的注意力。

威的训练和天生的射箭天赋发挥到了极致。她屏蔽了杂念，将注意力集中到锋利的边缘。她平稳地呼吸，每一次呼气都能释放紧张，使瞄准更加精准。她的动作流畅而精准，就像在跳一场专注与技巧的舞蹈。

试验进行到一半时，环境发生了变化。地面上升起了柱子，阻挡了她的视线，为移动的目标提供了掩护。一些目标现在被部分遮挡，需要她调整瞄准和时机。

拔枪、瞄准、放枪，动作一气呵成，汗水顺着额头滴落。她迅速移动，寻找更好的有利位置，她的思想和身体完美地融合在一起。她击中了一个又一个目标，每一次成功射击都让她信心倍增。

突然，密室里的灯光变了，最后的挑战出现了：一个小而快速移动的球体以惊人的速度在房间里飞来飞去。它发出高亢的嗡嗡声，使追踪变得更加困难。这是对她的注意力和技巧的终极考验。

威深吸了一口气，平复了一下狂跳的心脏。她追踪着球体的移动，预测着它飘忽不定的轨迹。她扣上最后一箭，拉开弓弦，等待最佳时机。当她全神贯注地盯着目标时，时间似乎慢了下来。

突然一松手，箭精准地向前射出。它击中了球体的中心，将其击碎，化作一阵光芒。室内顿时寂静无声，墙壁上发光的符号也变得明亮起来，照亮了整个空间。

嘹亮的声音再次响起，这次带着尊敬和赞许："你已经证明了自己的价值。道路已经开启。

密室远处的墙壁滑开，露出一条通往最后密室的通道。威仍然拿着弓和箭筒，她感到一阵胜利和轻松。

威笑了笑，尽管她的肌肉酸痛，她的头脑还在激烈的试炼中挣扎。虽然这条路是为她量身定做的，但这是她做过的最难的事情。但是，如果她不知道在外面的某个地方，她的队友们正等待着她给他们带来生命的迹象，她是不可能做到这一点的。

第五个挑战：知识密室

最后一间密室是一座宏伟的图书馆，墙壁两边的书架上摆满了晶体石板和全息卷轴。中央矗立着一个带有复杂控制面板的脚踏台。

目标 解锁并了解火星文明的终极知识。

威走近控制面板，上面显示着复杂的图案和外星文字。她必须破译这些语言，并输入正确的序列，才能获取火星人最神秘的秘密。她利用自己积累的知识以及语言学和密码学方面的技能，开始翻译这些符号。

每一次正确的翻译都会激活基座的一部分，揭示更多火星人的先进技术和哲学。这个过程非常艰苦，需要高度集中注意力，深入理解火星语言的语境和微妙之处。

经过近几个小时的努力，最后一件作品终于就位，基座发出了明亮、跳动的光芒。火星守护者的全息图像再次出现，他赞许地点了点头。

"你展现了智慧、勇气、正直 以及理解和尊重我们知识的能力

现在，你有资格获得大门的秘密。"

启示与回归

试炼结束后，守护者向小玮展示了一张网关网络的详细地图，以及如何导航的说明。在目的地中，她找到了地球的坐标。

启动网关后，小玮再次感受到了时空的混乱。当这种感觉减弱时，她发现自己身处埃及沙地下的一个古老的密室中，周围是熟悉的象形文字，温暖的阳光透过一个狭窄的开口照射进来。

她走出埃及沙漠，脑海中充满了她所获得的知识和经验。她知道，她所携带的火星文明的秘密将决定人类的未来。当她站在浩瀚的星空下时，威感觉到了与宇宙之间的深远联系--

这是世界之间的桥梁，是在考验她生命本质的考验中铸就的。她不仅是一名宇航员，还是古老智慧的传承者和全人类希望的灯塔。

第 16 章：重新建立联系

威的脑海里飞快地想着她还在火星上的船员们。她需要与他们重新建立联系，告知他们她的幸存、试验的成功完成以及她现在掌握的重要知识。网关已经把她送回了地球，但她的任务还远远没有结束。

寻找通讯工具

首先，威必须找到通讯工具。她回到了金字塔内部。金字塔很古老，但有火星影响的迹象。她希望古埃及人留下了可以帮助她的工具或知识。

在探索金字塔的房间时，她发现了一个隐藏的房间，里面摆满了暗示着先进技术的文物。在这些文物中，有一个类似古代通讯器的装置，尽管年代久远，但其设计却十分精巧。

威仔细检查了这个装置，注意到它与火星技术的相似之处。它似乎是一种收发器，可能能够进行远距离通信。她迅速开展工作，利用自己的工程技术重新激活了休眠装置。她调整了设置，使其与她从火星网关中学到的频率保持一致。通讯器已投入使用，威需要建立与火星的清晰联系。设备嗡嗡作响，复杂的电路闪烁着异世界的光芒。她校准了收发器，根据地球和火星之间的遥远距离以及光速造成的延迟进行了调整。

"来吧，来吧，"她喃喃自语，手指在控制器上飞舞。她发出了一连串脉冲，编码了一条信息和她的坐标，希望引起船员们的注意。

在等待回应的过程中，威感到一阵焦虑。如果信息没有到达他们那里怎么办？如果装置的功率不够怎么办？她在舱内踱步，频频瞥向通讯器，希望它能成功。

感觉过了很久之后，设备发出了一连串蜂鸣声，表示有信号传入。她的心充满了希望。

重新建立联系

通讯器 "噼里啪啦
"地响了起来，她听到了哈里斯指挥官的声音，虽然微弱，却清晰可辨。"威？是你吗？这里是火星基地。收到吗？"

她的眼中噙满了欣慰的泪水。"是的，是我！我在地球上，在埃及。我找到了另一个通道。我很安全

电话那头沉默了一会儿，然后传来了哈里斯指挥官充满感情的声音。"感谢上帝 我们还以为失去你了。你还好吗？发生了什么事？"

与以往的地面通信相比，这种新型通信方式的特别之处在于，它现在可以实时工作，没有平均 12.5
分钟的单向通信延迟。威迅速总结了她的旅程，解释了她所面临的考验，以及她所获得的关于火星文明 "阿卡拉
"的知识。她详细介绍了网关网络的存在及其连接多个世界的潜力，包括直接连接地球。

在她说话的同时，其他船员也加入了传输。伊万的声音中充满了欣慰和愧疚。"威，我... 我很抱歉。我们不知道会发生什么。"

"没关系，伊万，"她回答道，声音很稳定。"现在最重要的是我们接下来要做什么。我有可能改变一切的信息。火星人的知识、他们的技术--令人难以置信。我们需要研究它，充分了解它。"

作为科学家，艾米丽开门见山地问："你能把数据传回给我们吗？我们需要对它进行分析，看看它如何能在火星上帮助我们。"

威调整了通讯器，将其连接到便携式数据板上。她开始传送在试验过程中收集到的编码数据。"我正在发送所有内容。由于距离较远，可能需要一些时间，但你们应该很快就能收到。"

随着数据传输的开始，小组讨论了下一步的行动。哈里斯指挥官负责协调地球和火星之间的工作。

"我们需要保护这里的金字塔，保护网关，"威建议道。"如果其他人在不了解其意义的情况下发现了它，可能会很危险。"

"同意，"哈里斯指挥官回答。"我们将继续在这里开展工作，并为可能通过网关进行的旅行做好准备。这可能是人类的一个转折点。"

克劳斯插话道："我有点羡慕你，现在你有机会享受海滨度假胜地的沙滩、饮料和棕榈树了！"

威回答道："当然，但这只是暂时的。即使回到这里，我也没有多少时间了，我要忙着保护金字塔，还要担任任务控制中心的专职顾问。不过，一旦我们大家重聚，我保证会给你留一杯冰镇啤酒，克劳斯。"

苏菲插话道："威，我不知道该怎么说，但我真的很抱歉。

威反驳道："别提了。让我们把发生的事情埋在心底吧。我原谅你了。事实上，多亏了你，我才有了这次奇特的经历，去了一个女人从未去过的地方。

伊万的声音依然带着感情，斩钉截铁。"威，我们为你感到骄傲。你的勇气和毅力给了我们一个实现非凡成就的机会。"

"谢谢你，伊万，"她回应道，感受到了他们共同使命的分量。

"哈里斯指挥官决定："让我们向威的牺牲和火星文明的遗产致敬。

当传输结束时，威感到一种深刻的成就感和使命感。她跨越了两个世界之间的鸿沟，不仅是身体上的，还有智力和情感上的。她所携带的知识是人类未来的灯塔，是探索和发现精神永恒的见证。她离开金字塔，眺望广袤的沙漠。她离开金字塔，眺望着广袤的沙漠。

夕阳从地平线上落下，在古老的沙滩上投下长长的影子。

当星星开始在夜空中闪烁时，威觉得自己与宇宙有了深深的联系。星门告诉她，距离是可以跨越的，知识是可以分享的，尽管太空浩瀚无边，但团结是可能的。

经过这次激动人心的探险，小玮已经筋疲力尽。于是，她被倦意征服，就地在埃及金字塔旁边的沙山上睡着了。

第 17 章：阿卡拉文明

揭开阿卡拉历史的面纱

进入火星金字塔深处的旅程既是一次体力之旅，也是一次智慧之旅。随着宇航员对错综复杂的通道和密室的探索，他们揭开了阿卡拉文明丰富的历史画卷，拼凑出了一个民族的故事，这个民族的成就和对宇宙的理解远远超出了人类的想象。

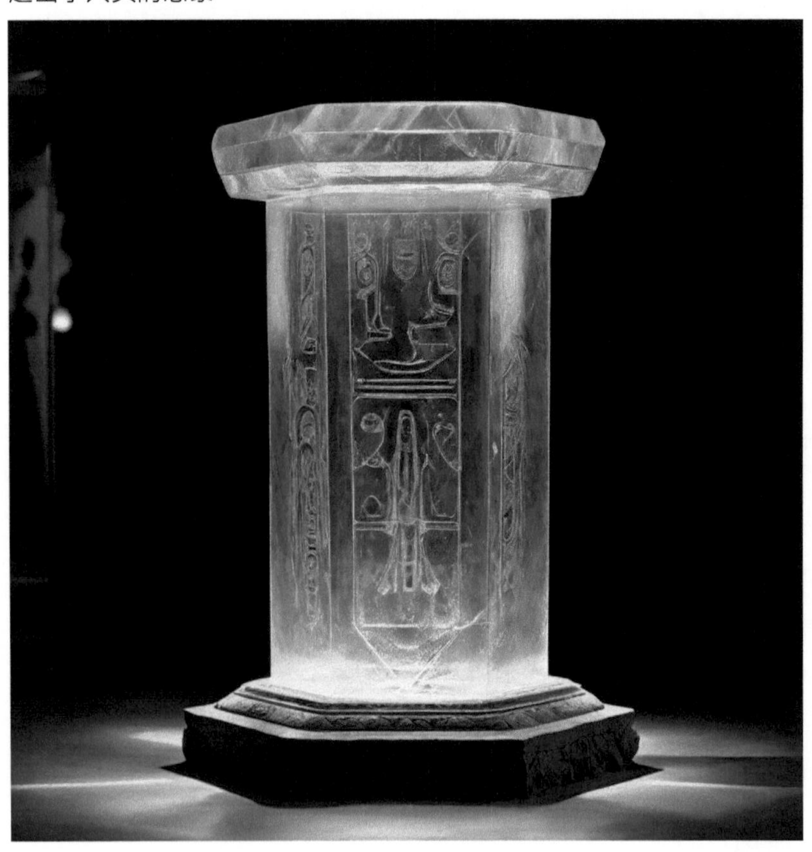

金字塔的一个房间是了解阿卡拉人的关键。墙壁上装饰着细致的雕刻和象形文字，每一个都是阿卡拉史诗故事的片段。房间中央矗立着一个设计精巧的大基座，基座上放置着一块水晶石板。这块石板启动后，会投射出全息图像，并用阿卡拉人悠扬的古语讲述他们的历史。

当宇航员启动石板时，房间里顿时充满了光亮。闪烁着空灵光芒的全息图像在室内移动，重现了阿卡拉人的历史场景。这些投影与象形文字一起，营造出了一种生动的沉浸式体验。

投影从阿卡拉人的早期开始。他们是一个繁荣的社会，他们的城市充满了高耸的建筑和先进的技术。阿卡拉人利用火星资源的力量，掌握了清洁、无限制和可持续的能源。他们与环境和谐相处，他们的社会充满了对地球和宇宙的深深敬意。

下一阶段描绘了阿卡拉人对宇宙永不满足的好奇心。他们建造了天文台和太空船，探索太阳系和更远的地方。他们的科学家和哲学家潜心研究生命、能量和意识的奥秘。

这个时代的标志是突破性的发现和技术的发展，使他们能够从根本上操纵能量和物质。

随着对宇宙认识的加深，阿卡拉人意识到了自己作为宇宙管理者的角色。全息图显示了天体委员会的形成，这是一群开明的生命，他们指导阿卡拉人寻求维持宇宙平衡。阿卡拉人学会了引导宇宙能量，用它们来维持他们的社会，保护他们的世界免受外部威胁。

阿卡拉人历史上最深刻的一章集中体现了他们对永生的追求。投影展示了他们对意识和能量的实验，试图超越他们的肉体形式。他们发现，通过将自己的精气神与某些共振材料（如金字塔的石头）融合，可以达到永生的状态。

阿卡拉人的永生概念不仅仅是长生不老，而是要超越物质存在的限制，成为宇宙挂毯的一部分。宇航员们了解到，阿卡拉人制定了复杂的仪式，为超凡脱俗做准备。这些仪式包括使人的能量与宇宙节奏保持一致，并进行一系列心理和精神准备。最后一步是将自己的意识与共振材料融合，从而有效地成为金字塔和宇宙能量场的一部分。

超脱后，阿卡拉人的个人身份消失，成为集体意识的一部分。这个集体实体庞大而相互关联，让阿卡拉人以肉体生物无法想象的方式体验宇宙。他们可以感知宇宙事件，影响能量流，维持宇宙平衡。

阿卡拉人的永生伴随着深刻的责任感。作为永恒的守护者，他们的任务是保护宇宙免受熵和混乱的侵袭。他们的意识像星尘一样分散，在维持存在的结构中发挥着至关重要的作用。这个角色不仅仅是一种职责，更是一种和谐的存在，他们在守护中找到了目标和成就感。

随着全息解说的结束，宇航员们默默地站在那里，沉浸在刚刚目睹的壮观景象中。

哈里斯指挥官开始评论道："这超出了我们的想象。阿卡拉人不仅仅是先进，他们的智慧超越了我们对生命和宇宙的理解。他们对宇宙能量的理解以及他们作为现实管理者的角色令人难以置信。

艾米丽紧接着发言："这些象形文字不仅仅记录了他们的成就。它们讲述了一个超越物质存在的文明的故事。他们与火蜥蜴人融合以获得永生的方式既迷人又可怕。他们追求永生不是为了逃避死亡，而是为了与宇宙融为一体。它们的意识成为宇宙结构的一部分，维持着宇宙的平衡。这是一个美丽而又令人谦卑的概念"。

之后，伊凡找到了自己的话语："他们的责任感……
他们追求的不是权力或控制，而是和谐与保护。他们的遗产证明了智慧生命追求知识和理解的潜力。此外，他们为了更大的利益牺牲了自己的个性，成为集体意识的一部分。这种无私奉献的精神令人难以理解。但它也提出了关于身份和意识本质的问题"。

在威的生命迹象之后，索菲在团队中得到了完全恢复，尽管团队内部仍然存在某种不信任。她说："天空中的新星座--
是对他们的牺牲和我们与宇宙的联系的美好提醒。我们不仅仅是前探险家，我们还是更伟大事物的一部分。我们可以从他们身上学到很多东西。他们的技术、他们的哲学、他们对能量和意识的理解--这是一个知识宝库"。

艾米丽补充道："他们的故事不仅仅是关于过去。它是我们的指南，是通往更高目标的路线图。我们有责任尊重他们的遗产，并利用我们学到的知识来保护和改善我们的世界。

克劳斯在这段时间里一直保持沉默。他的思绪仍在威和那场创伤事件上游荡，尽管他不得不承认，他很快就有了一个经典的认识：眼不见心不烦，因为在他面前站着的是光彩照人的艾米莉，他可以看到她，听到她，而且很快还能用其他所有感官来体验她，包括嗅觉、味觉和触觉……不过，这必须等到他们到达栖息地之后。他突然爱上了她，他感觉到她也感觉到了。休息片刻后，克劳斯不得不评论道："他们的象形文字和全息记录--它们不仅仅是历史文物。它们是信息，是指导我们的教义。我们需要解码每一点信息，并与世界分享。阿卡拉人对宇宙节奏的理解以及他们作为守护者的角色，为我们提供了一个认识自身存在的新视角。我们有很多东西要向他们学习，有很多东西要为之奋斗"。

带着新的使命感，宇航员们开始一丝不苟地记录他们的发现。他们知道，他们的发现可能会改变人类历史的进程，不仅能让人们了解先进的技术，还能让人们了解阿卡拉人深刻的哲学和伦理教义。

他们与地球建立了安全的通信联系，将他们发现的丰富知识传递给了地球。他们还报告了威的行踪和她的冒险经历。他们通过准确的坐标找到了她，把她带到了任务控制中心。虽然她在大约 2.25 亿公里（1.4 亿英里）之外，但她现在是他们在地球上最有价值、不可或缺的资产。

他们的任务已经从探索发展到保护和教育。他们现在是阿卡拉遗产的保管人，负责确保人类从这一古老的火星文明中汲取智慧。在为下一阶段的任务做准备时，宇航员们感受到了与阿卡拉人的深厚联系，一种超越时空的亲情。他们是宇宙连续体的一部分，被对知识的共同追求和了解宇宙奥秘的永恒探索联系在一起。

第 18 章：隐藏的密室

火星金字塔在宇航员们的头顶若隐若现，在火星表面的红沙上投下了长长的阴影。在这座古老的建筑中发现新的密室已经成了团队的例行工作，然而每一次新的发现都让他们既兴奋又惶恐。然而，今天将有所不同。艾米丽利用她的地质学专业知识，对金字塔的外部结构进行了检查，以发现任何异常情况。她敏锐的洞察力很快就得到了回报，因为她发现北侧的石雕有一点不规则。她召集了小组的其他成员，开始进行内部勘察。

艾米丽指着墙壁说："看这里。这部分的石头不一样。它们可能隐藏了什么东西。"克劳斯检查了石头："你说得对。这里有细缝，就像一扇暗门。看看我们能不能打开它。"

他们仔细而精确地描绘着接缝，并以各种方式按压着石头。经过几次尝试，石头开始移动，滑开，露出一条通往金字塔深处的狭窄通道。宇航员们兴奋地交换了一下眼神，然后走了进去，他们的手电筒划破了黑暗。

通道漫长而曲折，墙壁上装饰着更多的象形文字和雕刻。最后，他们来到一个巨大的圆形密室。密室中央矗立着一个基座，上面放着三个物体，每个物体都沐浴在柔和、空灵的光芒中。

第一件文物

索菲睁大眼睛："你觉得这些是什么？

哈里斯指挥官走近一看："它们看起来像是某种先进的工具或武器。让我们仔细检查一下。"

第一个物体是一个光滑的权杖状装置，由一种不知名的金属制成，在他们的灯光下闪闪发光。它上面刻着复杂的图案，有三个不同的设置符号。

伊万端详着权杖说："这看起来像是一件武器。也许它有不同的模式。让我看看……这些符号可能表示设置"。

克劳斯指着这些隐蔽的符号说："这个像眩晕符号。这里是火焰。最后一个是骷髅头。眩晕、燃烧和杀戮。"

哈里斯指挥官点点头："我们必须进行测试才能确定，但这似乎是可信的。我们应该非常小心地处理它。"

伊万自告奋勇："去吧，克劳斯。请给我注射一剂眩晕剂。如果我死不了，就给我注射肾上腺素。"

索菲好奇地问："肾上腺素？"

伊万回答说："是的，这是合成肾上腺素，可能有助于......"

哈里斯指挥官打断道："不可能。如果你作为我们的医生不能康复，我们就有大麻烦了。"

克劳斯站了出来："我来拿。"

艾米莉突然把克劳斯推到一边："我们女人也很坚强，不属于弱者。我坚持要做试验品。

哈里斯指挥官被说服了，于是开了绿灯。他以军事指挥的方式，只简短地说了一句："准许！"

伊万毫不犹豫地将权杖指向艾米丽，按下了眩晕按钮。艾米丽立刻晕倒在地，克劳斯在她倒地之前接住了她。

大约 30 秒钟后，伊万走到艾米丽身边，给她注射了一针复苏剂。

艾米丽感到头晕目眩，喃喃自语道："我这是在哪儿？发生了什么事？"

伊万解释说："这是正常现象。从麻醉中醒来，你经常会出现逆行性失忆。

艾米丽逐渐恢复过来，重新站了起来。她感激地对克劳斯笑了笑，克劳斯一直小心翼翼地把她抱在怀里。她自己也知道，这是一种原始的被保护的本能。但她非常享受这种感觉，而且不知怎么的，她也感觉到克劳斯同样享受他的角色。

第二件文物

权杖旁边有一根细长的棒子，与现代医学扫描仪并无二致，但设计光滑、有机。它发出柔和的绿光，末端有一根针。这个装置似乎不仅具有功能性，而且还是一件艺术品，设计时对细节一丝不苟，对美学和人体工程学都很了解。它由一种光滑的彩虹色材料制成，能根据光线的角度反射出各种颜色。这种材料既有金属的耐用性，又有精细聚合物的温润和微妙的柔韧性，表明这是一种设计先进的复合材料。棒的表面装饰着复杂、流动的图案，似乎随着人的移动而移动和变化。这些图案不仅仅是装饰性的，它们还包含了微蚀刻的符号和字形，据说这些符号和字形是该装置控制和启动系统的一部分。这些雕刻精致而精确，暗示使用了先进的激光蚀刻或类似技术。在棒子的一端，有一个嵌入表面的圆形小晶体。使用时，这块水晶会发出柔和的绿光。水晶周围是由微小的发光符号组成的同心圆，这些符号发出微弱的光芒。要激活这根棒子，使用者需要按下水晶，旋转圆环，使特定的符号对齐，这根棒子可能具有不同的医疗功能。艾米丽拿起棒子：“这看起来像是医疗工具。看到它的形状了吗？它的设计便于握持和引导”。

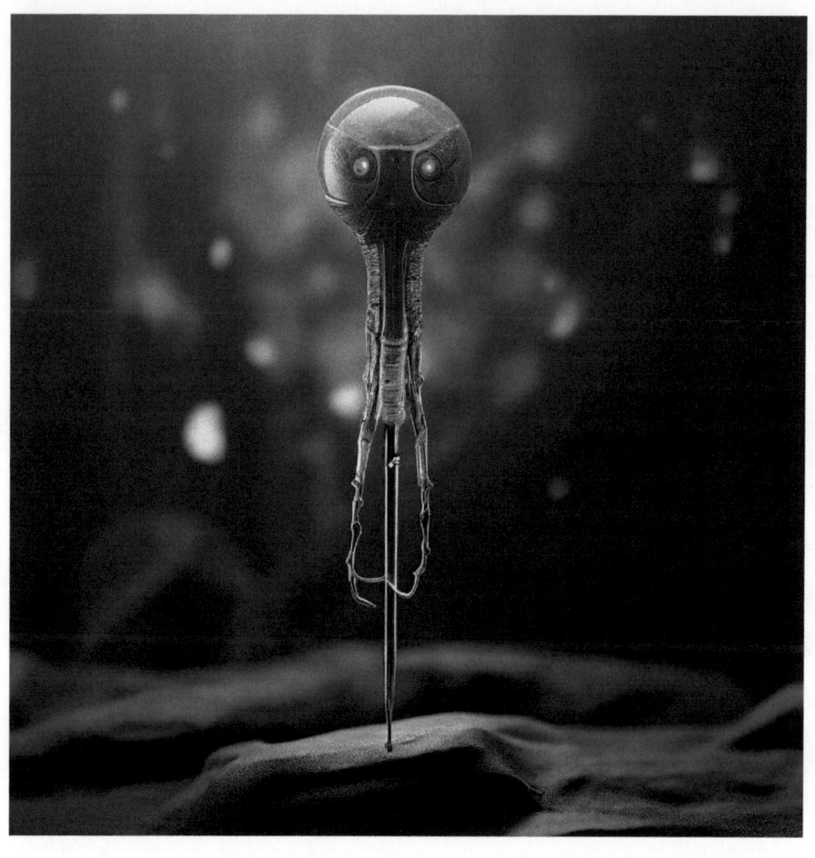

索菲启动了设备：“我们来测试一下。伊万，你有什么小伤吗？”

伊万展示了手臂上的一个小伤口：“这里。轻点。”

索菲将绿光照射在伊万的伤口上。

伊万的脸因疼痛而扭曲，他呻吟道：“哎哟！小心点，我是人类。

几乎就在一瞬间，伤口开始闭合，皮肤无缝对接。伊万大吃一惊，兴奋地说："这是医疗器械！难以置信。这可以彻底改变急救护理。伊万从索菲手中接过医疗棒，小心翼翼地放进包里。他深信，在这次任务中，这个工具可以被更多地使用。

第三件文物

最后，他们把注意力转移到第三个物体上，那是一个类似手镯的小巧、精致的科技产品。手镯是由一种有光泽的未知合金组成的，它反射光线的方式似乎近乎液态。它的外观天衣无缝、流畅自如，没有明显的接缝或接合点，这表明它具有先进的冶金技术。手镯比一般的腕带稍大一些，设计成舒适地戴在手腕上，不会显得笨重。环绕手镯外表面的是精致的镌刻图案，类似于几何图案和有机图案的融合。这些图案交织成一个连续的循环，营造出一种令人着迷的视觉效果。雕刻中还镶嵌着微小的发光符号，闪烁着微弱而空灵的光芒。这些符号让人联想到金字塔壁上的象形文字，表明它们具有与装置运行相关的重要意义或功能。手镯的中心是一个凸起的小晶体，大约有豌豆大小。这块水晶散发出柔和的多色光芒，从不同角度观察，光芒似乎会发生变化。

艾米丽喘着气说："克劳斯，你去哪儿了？"

突然，艾米莉被一双无形的手从背后摸了一下。

艾米莉高兴地咯咯笑了起来，生气地回答道："淘气鬼。请规矩点，克劳斯。我们这里有观众！"

克劳斯又出现了："这是一个隐形装置！我完全隐身了。这对探索和保护非常有用。"

艾米莉向克劳斯调情道："还能用来引诱！"

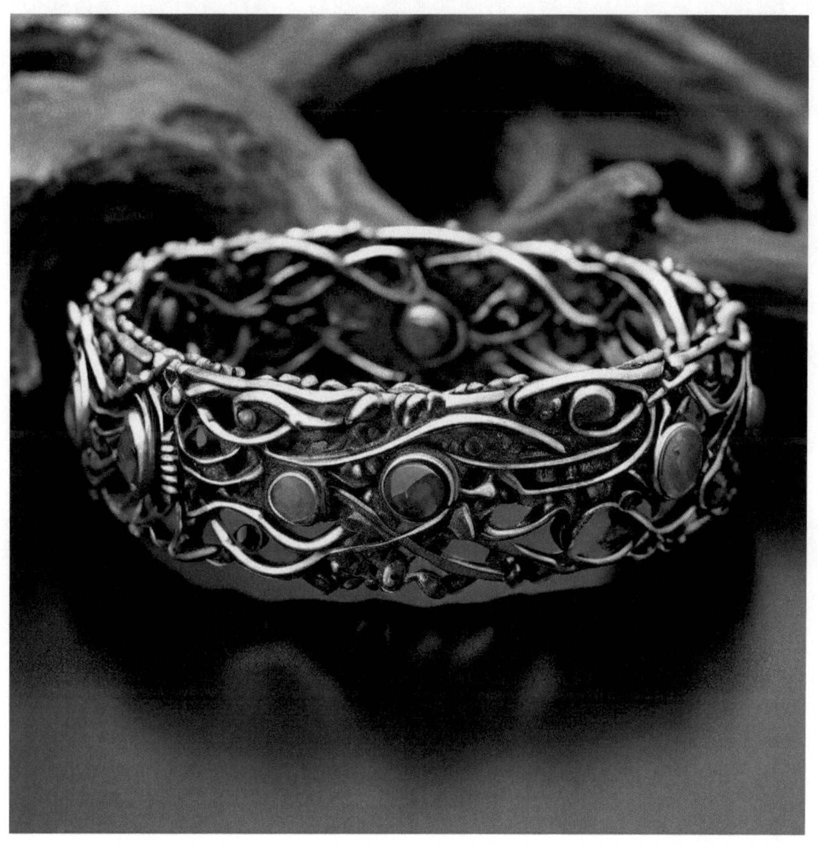

在继续搜索的过程中，宇航员们在一个箱子里发现了更多的手镯。这意味着现在每个队员都配备了一顶个人迷彩帽。

哈里斯指挥官严肃地说："我们需要记录这些发现，并将它们融入我们的任务中。这些工具比我们现有的任何工具都要先进，它们对我们在火星上的生存和成功至关重要。

宇航员们收集好这些新装置，返回大本营。权杖、医疗棒和隐形装置的发现为他们的任务增添了新的内容。他们现在配备的技术可以保护他们、治疗他们，并在必要时让他们隐形。这将产生巨大的影响，他们知道必须明智地使用这些工具。

当他们围坐在营地里，讨论新发现的潜在用途和后果时，一种坚定的感觉笼罩着他们。他们不仅仅是探险者，他们还是站在人类发现新时代门槛上的先驱者。

哈里斯指挥官坚定地说：
"我们在这里发现了令人难以置信的工具，但我们必须保持专注。我们的任务是揭开这个文明的秘密，并从中学习。让我们利用这些工具来帮助我们，但不要忘记我们来这里的目的。"

队员们点头表示同意，每个人都明白他们处境的严重性。有了这些新发现，他们觉得自己已经为未来的一切做好了准备。火星金字塔的奥秘还远未完全揭开，但每走一步，他们都更接近于了解古代阿卡拉人和他们不可思议的遗产。

第 19 章：天体议会

宇航员们冒险深入火星金字塔，象形文字柔和、跳动的光芒照亮了他们的道路。他们解开了考验智力和团结的谜题，每一步都让他们更接近阿卡拉文明的中心。当他们进入下一个密室时，空气中弥漫着一种压抑不住的期待感。

大密室

密室非常宽敞，圆顶天花板上装饰着像夜空一样闪闪发光的星座。墙壁上有许多复杂的雕刻，描绘了阿卡拉人的历史和成就。

房间中央供奉着一个双手各有九根手指的巨大雕像，周围围绕着六个由闪烁的光和能量组成的高大、空灵的雕像。

哈里斯指挥官向前走了一步，惊奇地睁大了眼睛。"这是什么地方？"

艾米丽研究着墙上的雕刻。"这些一定是天体委员会，阿卡拉知识和遗产的守护者。"

这些身影似乎承认了他们的存在，他们的身形变得更加明亮。一阵轻柔的嗡嗡声充斥着整个密室，与一种超凡脱俗的能量产生了共鸣。宇航员们本能地知道，他们所处的环境远远超出了他们的理解能力。

第一次相遇

其中一个身影向前走了一步，它的外形变得更加清晰。它的外形酷似人类，但却散发着超越肉体的深邃能量。当它说话时，它的声音是一种和谐的混合音调，直接在宇航员的脑海中产生共鸣。

天人开始说道："欢迎你们，来自地球的旅行者。我们是天人议会，阿卡拉文明的管理者。你们战胜了摆在你们面前的考验，证明了你们的智慧和团结"。

索菲感到脊背一阵颤抖。"阿卡拉人是谁？他们发生了什么事？"

那个人影的光芒越来越强，周围的空气中开始形成图像，展示着阿卡拉文明的兴衰。

阿卡拉人的崛起

阿卡拉人是一个古老而高度发达的文明，很久以前在火星上繁衍生息。他们掌握了宇宙能量的使用方法，利用恒星和行星的能量来推动他们的科技发展，维持他们的社会。阿卡拉文明处于顶峰，是先进技术和开明哲学的灯塔。他们的城市是工程学的奇迹，与火星的地貌天衣无缝地融为一体。水晶和金属塔直冲云霄，由太阳能和地热能共同驱动。阿卡拉人掌握了可持续发展的生活方式，确保他们的星球在技术进步的同时繁荣昌盛。

天人解释道："我们曾经和你们一样，都是探险家和创新者，都在寻求了解宇宙的奥秘。我们的知识日益广博，我们的成就日益伟大。

这些图像展示了阿卡拉人从事的各种科学和文化活动。他们研究恒星，探索原子的秘密，创造艺术和音乐。

阿卡拉人对宇宙的节奏有着深刻的理解。他们建立了一个知识和能量网络，将自己的影响力扩展到其他星球甚至不同的维度。他们的最终目标是保持整个宇宙的平衡与和谐。

熵的逼近

尽管取得了成功，阿卡拉人还是无法摆脱宇宙的基本规律。他们开始探测到周围环境的微妙变化--
磁场的变化、行星核心温度的波动以及接收到的宇宙辐射的异常。

克劳斯评论道："他们正在目睹行星衰变的迹象。"

天人点了点头。"的确如此。我们的科学家预测，火星正在慢慢走向熵化。火星核心在冷却，大气层在变薄，自然资源在减少。我们必须采取行动，保护我们的遗产。"

宇航员们全神贯注地注视着，他们的大脑吸收着一个文明与宇宙必然性抗争的深刻故事。

灾难性事件

当一系列巨大的小行星撞击火星，将火星本已脆弱的大气层大量剥离时，临界点到来了。由此产生的风暴对火星表面造成了严重破坏，造成了大范围的破坏。

哈里斯指挥官推测道："这似乎证明了有争议的提提乌斯-博德定律与失踪的行星有关，由于小行星的撞击，火星也被拖入了深渊"。

天人解释道："小行星撞击给我们敲响了警钟。我们意识到，作为物质生命，我们的时间是有限的。我们必须在为时已晚之前找到一种方法来保存我们的知识和精华。"

图像显示阿卡拉人正在争分夺秒地保护他们的城市
他们的科学家正在不懈地研究解决方案
这是一场与时间的赛跑，因为地球的状况每过一个索尔就会恶化一次。

超越计划

阿卡拉人最伟大的头脑构想出了一个大胆的计划：超越他们的肉体形式，将他们的意识与金字塔的结构融为一体，这种结构可以抵御时间和宇宙力量的摧残。这座金字塔将成为他们集体知识和精华的宝库，确保他们的遗产永垂不朽。

天人报告说："我们用可以经受万年考验的材料建造了这座金字塔。它成了我们的方舟，一个将我们的意识和知识带入未来的容器"。

这些图像描绘了金字塔的建造过程，这是整个文明参与的一项艰巨工作。这座建筑旨在利用和储存宇宙能量，为他们的意识创造一个稳定的居住环境。

伟大的过渡仪式

他们努力的最终结果就是伟大的过渡仪式。所有的人都聚集在金字塔周围，脸上洋溢着希望和庄严的决心。阿卡拉人的领袖们，包括未来的天人议会成员，站在最前列，准备带领他们的人民进入新的生活。

天人解释说："这次仪式是我们历史上意义深远的时刻。我们利用我们的技术将我们的肉体形式转化为纯能量，将我们的意识与 pyra-mid 融合在一起"。

图像显示了令人惊叹的光与能量的奇观。阿卡拉人围着金字塔站成同心圆，他们的身体溶解成闪闪发光的能量流，流入金字塔。金字塔吸收了这些能量，它的墙壁发出内在的光芒，整个文明的意识融为一体。

天人议会的出现

随着最后一批阿卡拉人加入金字塔内的集体意识，天人议会出现了。这些纯能量的生命体现了阿卡拉人的智慧和知识，他们的任务是永远守护金字塔及其秘密。

天人报告说："我们成为了天人议会，是我们文明遗产的管理者。我们的目的是引导和保护，确保我们的知识为宇宙的更大利益服务"。

不朽的遗产

艾米莉凝视着这些人物，心生敬畏。"他们通过与金字塔融为一体，获得了某种形式的永生。"天人点了点头。"的确如此。通过超越肉体形态，阿卡拉人确保了他们的遗产将永垂不朽。他们的意识成为了金字塔的一部分，他们的智慧为后来者保留了下来。"

克劳斯问："我们所面临的考验的目的是什么？"

天人回答道："这些考验是为了测试你们的智慧、团结和正直。只有具备这些品质的人，才有资格获得阿卡拉的全部知识和力量。你们已经证明了自己的能力。"

宇宙之钥

密室中充满了耀眼的光芒，塞莱斯-提尔议会的人物开始融合，形成了一个光芒四射的实体。这个实体伸出一只手，一股能量从中流出，在钥匙内形成了浮动的全息图像，包括符号、方程式和星图。

天人解释道："这是宇宙之钥，是阿卡拉知识的结晶。它蕴藏着宇宙的秘

密和先进的技术，也是你们在自己的世界中实现和谐与平衡的关键。

伊凡走近一看，被那些旋转的图像吸引住了。"这可能会改变人类的一切。"

索菲表示赞同。"这是一份无与伦比的礼物。但为什么要与我们分享呢？"

天人回答道："阿卡拉人相信其他文明有潜力为宇宙秩序做出贡献。通过分享这些知识，我们希望引导你们走向启蒙和平衡的未来。"

画面逐渐消失，宇航员们站在舱室里，目睹的一切让他们心潮澎湃。哈里斯指挥官上前抓住了漂浮在他们面前的宇宙之钥。

思考与决议

艾米丽看着她的团队，眼中闪烁着坚定的光芒。"他们牺牲了自己的肉体存在来保存自己的本质。这既令人敬畏，又令人谦卑。"

哈里斯指挥官一边用手中的钥匙做手势，一边补充说："他们用这把钥匙将他们的遗产托付给了我们。我们有责任不辜负这份信任。我们怀着感激和谦卑的心情接受这些知识。我们将用它来改善我们的世界，并确保它被明智地分享。

克劳斯最后说："我们得到了一个难得的机会。让我们充分利用阿卡拉人的知识，以此向他们致敬。这是一份礼物，也是一份负担。"

天人的光芒略微暗淡，象征着片刻的庄严。"记住，知识越渊博，责任越重大。用它来促进和平与理解，保护你们的世界和宇宙的平衡。"

队员们静静地站着，每个人都在思考他们所获得的知识的分量。阿卡拉人转世的故事证明了团结、智慧和意志的力量。有了这样的认识和宇宙之钥，他们感到了新的使命感，准备进一步进入金字塔，解开更多的秘密，将阿卡拉的遗产发扬光大。

第 20 章：时间机器之门

发现

火星金字塔有着宏伟的五面体结构和错综复杂的雕刻，已经向宇航员们揭示了许多秘密。他们探索的每一个密室似乎都揭开了古代阿卡拉文明的新篇章。然而，他们感觉最大的发现仍然隐藏在迷宫般的大厅中。

经过数个索尔的探索和对象形文字的破译，探险队到达了中央大厅，这是一个巨大的圆形房间，似乎是金字塔的核心。墙壁上装饰着各种符号和石刻，在昏暗的灯光下闪烁着神秘的光芒。房间的中心是一个巨大的圆形平台，四周是刻有复杂图案的柱子。

艾米莉仔细观察了这个平台。"这些符号，"她说，"和我们目前看到的不一样。它们似乎描绘的是时间的流动，而不仅仅是空间。"

克劳斯走得更近了。"这个平台几乎就像是用来控制时间的。看看这些雕刻的顺序--它们暗示着一个循环的过程，就像时钟的转动。"

除了作为出色的语言学家缺席的威，索菲已经展示了她在破译外星语言方面的能力，她移到了平台旁边的控制面板上。"我以前见过这些符号，"她说。"它们是激活序列的一部分，但还有一些东西--额外的指令层。"

队员们聚集在控制面板前，仰望着神秘的雕刻。索菲的眼睛仍然被威的亵渎记忆所萦绕，她的手指沿着异形石头划过。

"她喃喃地说："这不仅仅是一个通道。"这是一台时光机"

其他人交换了一个惊讶的眼神。时间旅行--
一个无法实现的梦想，在古老的火星文明手中变成了现实。

哈里斯指挥官一向是个务实的领导者，他点了点头。"我们要谨慎行事。
如果这确实是一台时间机器，我们就必须了解它是如何运行的，以及我们
应该遵守哪些安全协议。"

伊万表示同意。"我们不想触发任何可能造成伤害的东西。让我们一起努
力破解它。"

在接下来的几个小时里，小组成员仔细研究了这些符号，结合各自的专业
知识，解开了复杂的序列。索菲在理解机制背后的工程原理方面发挥了关
键作用。

伊万发现了一个钥匙槽，这可能与他们新获得的宇宙之钥吻合。他说："
看看这个！这可能就是我们钥匙的锁。"

然后，伊万小心翼翼地插入了宇宙之钥，但至今没有任何效果。

"这就像一个谜题，"索菲说，她的眼睛里闪烁着兴奋的光芒。"每个符号代
表一个不同的时空坐标。如果我们把它们正确对齐，应该就能激活大门。
"

团队不知疲倦地工作着，对齐符号并将序列输入控制面板。平台开始发出
能量的嗡嗡声，柱子上的符号发出更亮的光，在整个密室中投射出空灵的
光。

当最后一个符号对齐时，平台开始移动。平台下的地板裂开了，露出了一扇闪闪发光的半透明大门。这扇门是一个椭圆形的入口，表面像水一样荡漾着，散发着柔和的蓝光。

艾米莉惊呼起来。"太美了。这一定是时光机的大门。"

随着大门的稳定，房间里充满了低沉而嘹亮的嗡嗡声。随着大门的稳定，房间里充满了低沉而嘹亮的嗡嗡声，仿佛在确认大门的启动。

哈里斯指挥官站了出来，他的表情严厉而坚决。"我们需要绝对确定我们面对的是什么。在有人通过之前，我们先进行一些初步测试。"

利用随身携带的设备，小组对大门进行了一系列测试。他们分析了能量读数、传送门的稳定性以及另一边的环境条件。

克劳斯和艾米莉密切监视着读数。"能量水平是一致的，"克劳斯说。"很稳定"

索菲点了点头。"传送门似乎很安全。"

第一步

初步测试完成后，团队面临着一个关键的决定。谁将第一个踏进这扇门，探索它的潜力？房间里鸦雀无声，他们面面相觑，权衡着风险和未知的兴奋。

"我去，"伊万打破沉默说。"作为一名飞行员和医生，无论我们在另一边遇到什么，我都能应付自如。"

索菲向前走了一步，目光与伊万对视。"我和你一起去。"她说。"我们可以一起去。"

哈里斯指挥官点了点头，他对他们勇敢的敬意溢于言表。"我们就在你们身后，"他说。"保持联系。"

深吸一口气，伊万和索菲踏上了平台。队员们注视着他们走近闪闪发光的大门，当他们穿过传送门时，他们的身形逐渐变得半透明。大门泛起涟漪，然后稳定下来，剩下的宇航员焦急地等待着来自另一边的第一份报告。当伊万和索菲消失在入口处时，中央密室的嗡嗡声似乎变得柔和起来，仿佛金字塔本身也在屏住呼吸。队员们等待着，心怦怦直跳，准备跟随他们的同事进入未知的世界，揭开阿卡拉文明最后的神秘面纱。

突然，一道闪电闪过，索菲和伊万又回到了他们的朋友身边。

哈里斯指挥官问道："发生了什么事？

艾米丽惊恐地回答："很明显，我们刚刚遇到了某种停电。"

哈里斯指挥官问："你们俩没事吧？"

索菲用坚定的声音说："是的，长官！我们很好！"

身为工程师的索菲故意走向控制台：

"电源似乎出了问题。即使阿卡拉的电力原理与我们的不同，我也要看看能不能用什么东西作为中继。我得用什么东西来凑合一下。

哈里斯指挥官插话道："不，这完全不可能。我们必须先彻底研究出一个解决方案。只有这样，我们才能再试一次。今天到此为止。我们分手吧。我们上路吧，现在就回栖息地去"。

第 21 章：时空通道

金字塔的低语

下一个太阳，五名宇航员再次站在火星金字塔内的门前，门上复杂的机械装置呼呼作响。时空旅行入口的发现让他们都惊呆了。古老的象形文字表明这是一个 "时空通道"，是阿卡拉文明掌握时间和空间的遗迹。

哈里斯指挥官、艾米丽、伊万、索菲和克劳斯交换了不确定的眼神。这种装置的可能性和危险性在她的脑海中挥之不去。

哈里斯指挥官说："我们已经走到这一步了。如果阿卡拉人使用了这个传送门，那一定是有原因的。我们需要了解他们的历史，并找出原因。"

艾米莉点点头："同意。但我们必须谨慎。这不仅仅是一个考古发现，它可能是了解宇宙的一把钥匙。"

伊凡要求道："让我们确保我们的宇航服和通讯设备正常运行。如果我们走散了，我们需要一种保持联系的方式。"

队员们点头表示同意，对他们的设备进行了最后的检查。他们围成一圈，准备踏入未知的世界，心中的期待可想而知。

索菲建议道："我们应该确定一个目的地。象形文字提到了阿卡拉时间线上的一个重要事件--大转移。它可能会给我们答案。"

克劳斯说："我来配置传送门的界面。请待命。"

克劳斯走近控制面板，这是一系列触摸式石刻和水晶旋钮。他破译了这些符号，输入了他们所寻找的时间段的坐标。传送门发出嗡嗡声，闪烁的能量场凝固成一个光影漩涡。

索菲焦急地说："现在已经无路可退了。大家跟紧了。

宇航员们一个接一个地走进了漩涡。一种失重的感觉笼罩着他们，紧接着是令人眼花缭乱的色彩和形状。他们仿佛同时被拉伸和压缩，这是一次穿越时空结构的超现实之旅。

漩涡把他们吐到了坚实的地面上。他们稍微踉跄了一下，迷失了方向，但没有受伤。当他们的视线逐渐清晰时，他们发现自己身处一个充满活力、熙熙攘攘的城市--古老而先进，充满生机。

伟大的过渡

高耸入云的水晶尖塔直冲云霄，表面闪烁着复杂的图案。下面的街道上熙熙攘攘地聚集着阿卡拉的市民，他们身着飘逸的长袍，闪烁着微弱的光芒，形态优美。空气中弥漫着和谐的嗡嗡声，城市本身的能量与生命的频率产生了共鸣。

艾米莉敬畏地说道："不可思议。我们看到了阿卡拉文明的巅峰时期。"

索菲也深有感触地说："看看这些技术。它与自然完美地结合在一起。他们实现了我们梦寐以求的平衡。"

正当他们惊叹于周围的环境时，一个阿卡拉人走了过来。他高大优雅，表情安详，散发着智慧的光环。

阿卡拉人问候道："欢迎你们，来自远方的旅行者。我是艾利安，我们历史的守护者。你们在寻找关于大过渡的知识。"

哈里斯指挥官上前一步，声音沉稳。"是的，艾里恩。我们来自未来，你们文明的遗迹蕴藏着巨大的奥秘。我们希望了解你们的旅程和你们做出的选择。"

埃里温点点头，示意他们跟上。"来吧
我将向你们展示决定我们命运的关键时刻。"

埃里温带领他们穿过城市，指出各种地标，并解释它们的意义。宇航员们聚精会神地听着，吸收着每一个细节。

他们来到了一个宏伟的广场，那里矗立着一座巨大的建筑--
一座融合了神庙和实验室的建筑，充满了能量。埃里温在它面前停了一下，转身面向大家。

艾里翁继续说道："这里是延续之源，伟大的转变就是从这里开始的。我们的星球正面临着熵，缓慢但不可避免的衰退。我们最伟大的思想家聚集在这里，寻求解决之道。"

埃里温触碰了一块晶体面板，这个结构随之投射出一个全息显示屏。阿卡拉科学家和哲学家们争论不休、不知疲倦地工作、测试各种理论的场景在他们面前一一呈现。

埃里温接着说："我们发现了一种超越我们身体形态的方法，将我们的意识与地球的本质融为一体。这让我们能够超越身体的限制，保存我们的知识和存在。

宇航员们敬畏地看着全息展示的阿卡拉人的转变。他们看到了

最初的抵抗、关于道德和身份的争论，以及最终达成集体合并的共识。

伊万印象深刻："它们面临灭绝，却选择与自己的世界融为一体。这是一个深刻的决定"。

索菲："这在火星的结构中留下了一个文明的编码。他们的知识、他们的精髓--都在这里。"

埃里温继续说道，展示了过渡前的最后时刻。市民们聚集在广场上，脸上洋溢着希望和悲伤。随着这个过程的开始，光束将每个人与 Nexus 连接起来，他们的形体化为纯粹的能量。

随着全息显示的褪去，埃里温带着安详的微笑转向宇航员们。"这就是我们留下的遗产。我们的本质与宇宙和谐共存，引导并维护着存在的平衡。"

哈里斯指挥官看着他的团队，每个成员都陷入了沉思。"谢谢你，艾里恩。你的故事是给我们和后代的礼物。"

埃里温点点头，他们之间流露出理解的神情。"旅行者们，你们的旅程才刚刚开始。愿你们能找到明智使用这些知识的智慧。"

埃里温的智慧

当宇航员们准备离开这里时，埃里温与他们分享了最后的智慧，强调了超越时空的教训：

1. 与自然和谐相处：

阿卡拉人通过与环境和谐相处实现了先进的文明。艾里翁鼓励宇航员们在地球和地球以外的地方探险时要寻求平衡和可持续发展。

埃里温警告说："科技不应该主宰自然，而应该与自然共存，增强世界的美感和平衡"。

2. 团结和集体智慧：

阿卡拉人伟大转型的成功源于他们能够齐心协力，克服分歧，实现共同的目标。埃里温强调了团结和集体智慧的重要性。

埃里温建议："真正的进步不是通过个人的荣耀，而是通过集体的努力和共同的理解来实现的"。

3. 适应力和复原力：

阿卡拉人面临着巨大的挑战，他们选择了一条需要适应和发展的道路。**埃里温** 强调了面对逆境时的适应性和复原力。

埃里温解释说：**"变化是唯一的不变。要以坚韧不拔的精神和开放的心态拥抱变化，因为变化会带来成长和新的可能"**。

4. 保存知识：

阿卡拉人将他们的知识融入火星的结构之中，从而确保了他们的遗产。埃里温建议宇航员优先为后代保存和传播知识。

埃里温建议："知识是任何文明的真正财富。保护它，传承它，并将它传授给后来者"。

5. 同理心和同情心：

阿卡拉人之所以决定合并他们的意识，是因为他们对彼此有着深刻的同理心和同情心。埃里温敦促宇航员们在互动和决策过程中培养这些品质。

埃里温说："同情心和同理心是公正和繁荣社会的基础。让它们指导你的行动和选择。

当埃里昂的身影开始消失时，研究小组深感责任重大。他们不仅揭开了远古文明的神秘面纱，还获得了指导人类未来的永恒智慧。

哈里斯指挥官感激地回答："谢谢你，埃里温。我们会将您的教诲铭记于心，努力为所有人创造更美好的未来。

随着最后一个手势，埃里温启动了传送门。宇航员们步入漩涡，生机勃勃的城市和宁静的居民渐渐消失在漩涡的光芒中。

当他们回到金字塔中时，迎接他们的是熟悉的古建筑环境。穿越时空的旅程让他们发生了深刻的变化，他们的头脑中充满了新的见解，对阿卡拉文明有了更深刻的了解。

哈里斯指挥官："我们已经看到了他们的伟大和牺牲。现在，我们要继承他们的遗志，继续探索火星和更远的地方。"

第 22 章：人类历史的时间之门

对齐

随着火星暮色的加深，星星的排列方式与金字塔上的雕刻相吻合。艾米莉试图破译这些象形文字。

"这些象形文字，"她说，声音中夹杂着兴奋和紧张，"编码了时间坐标。我们可以选择地球历史上的任何时刻。"

一向谨慎的科学家克劳斯皱起了眉头。"但如果我们改变了过去呢？后果--"

索菲打断了他的话，语气坚决。"我们将是观察者。时间线保持不变。

艾米莉上前一步，露出胜利的笑容："好，好，好，克劳斯！我们真的发现了你教育中的漏洞吗？难道你从来没学过爱因斯坦的狭义相对论和祖父悖论吗？"她对克劳斯眨了眨眼睛，然后说道："现在我对你很失望！"

艾米丽注意到克劳斯不确定的神情，便追问道：
"祖父悖论是一种假设情景，常用来说明时间旅行中可能存在的不一致和内在矛盾。这个悖论因一个简单而深刻的思想实验而得名：
设想有一个人，我们姑且称他为
"时间旅行者"，他穿越时空回到过去，在祖父有孩子之前杀死了自己的祖父。这一行动将阻止时间旅行者的父母之一的存在，从而阻止时间旅行者自己的存在。但是，如果时间旅行者从未存在过，那么他们一开始就不可能回到过去实施这一行为。这就造成了逻辑上的不一致，因为这会导致时间旅行者同时存在和不存在的情况"。

克劳斯微笑着回到艾米丽身边："好吧，我放弃！你对我来说太聪明了，艾米丽。"

伊万走上前来，目光紧盯着闪闪发光的时光机大门。"我们最近失去了威，"他说，声音里充满了去终结的意味。"我们不会再失去任何人了。"

索菲点了点头。"我们欠她的。我们需要了解这项技术的全部范围。"

时间回溯

队员们围成一圈，手拉着手，为下一次飞跃未知世界做好准备。索菲低声念出启动短语--
外星文字打开了大门。对地球过去的洞察被揭示出来：古代文明、战争、革命。

"选择一个影响我们的事件，"索菲向艾米丽喊道。

艾米莉闭上眼睛，专注于人类历史上的一个关键时刻--
现代科学的诞生。"伽利略，"她说，声音里充满了敬畏。"佛罗伦萨，1610年"

他们的目标很明确：见证伽利略-
伽利莱第一次将望远镜对准夜空的那一刻，这一时刻将永远改变人类对宇宙的认识。

金字塔发出能量脉冲，他们穿过入口。

他们出现在一座繁华的城市中。周围的建筑和人们的衣着表明，他们来到了佛罗伦萨。佛罗伦萨狭窄的鹅卵石街道热闹非凡。商人们兜售商品，艺术家们在露天画室作画，学者们在广场上辩论。空气中弥漫着新鲜面包的香味和远处教堂的钟声。

"这太不可思议了，"艾米莉低声说道，她的眼睛睁得大大的，充满了惊奇。"我们真的穿越回了历史。"

索菲的大脑已经在努力吸收尽可能多的信息，她补充说："我们需要小心。我们在这里的存在必须不被发现。黄昏时分，他们穿过城市，沿着通往伽利略别墅的道路前进。他们走进一个月光下的花园，空气中弥漫着夜来香的芬芳和远处阿诺河的潺潺流水声。花园里站着伽利略，他蜷缩在望远镜前，聚精会神地注视着星空。索菲惊叹不已。

"现代天文学之父，"她低声说道，声音中充满了崇敬。

伊凡咧嘴一笑，旅途的紧张稍稍缓解。"如果我没记错的话，他还是索菲的远房亲戚。"

被禁止的对话

他们看着伽利略描绘木星的卫星，他的脸上洋溢着发现的喜悦。四颗最大的卫星（木卫一、木卫二、木卫三和卡利斯托）后来被命名为伽利略卫星，以纪念他。艾米莉抑制不住内心的激动，小心翼翼地走近他，第一个开口说话。

"伽利略-伽利莱？"她轻声叫道，不想惊动他。

老人转过身来，好奇地皱了皱眉头。"是谁？"他用意大利语问道，尽管年事已高，但声音依然铿锵有力。

伽利略眯着眼睛看着她，眼神中充满了好奇和怀疑。"女巫？"他问道，声音充满警惕。

"不，"克劳斯赶紧插话。"是探险家。像你这样的科学家。"

艾米莉走上前，脸上露出温暖的微笑。"我叫艾米丽。我们来自遥远的地方，不远万里来见你。"

伽利略的眼睛微微眯起，研究着眼前这群衣着怪异的人。"你们不是本地人，"他说。"你们的穿着......很奇特。你们到底是谁？"

哈里斯指挥官走上前来，表情恭敬而坚定。"我们是探险家，和你一样是科学家。我们是来向你学习的，或许还能分享一些我们自己的知识。"

伽利略的好奇心被勾了起来。他示意他们走近一些，远离望远镜。"很好，"他说，"但你们必须解释更多，因为你们的出现非常不寻常。"

当他们围着一张装饰着星图和笔记的小木桌时，伽利略热情洋溢地讲述了他最近的发现。"我一直在用我的望远镜观测天象，"他开始说，眼睛里闪

烁着狂热的光芒。"就在今晚，我发现了一个非同寻常的现象--
木星的卫星。"

索菲凑了过来，惊讶地瞪大了眼睛。"木星的卫星？你看到它们移动了？"

伽利略点点头，脸上洋溢着胜利的微笑。

"的确如此。我追踪了它们的移动，并记录下了它们的位置。它们围绕木
星运行，就像我们的月球围绕地球运行一样。我认为，这证明了并非所有
天体都围绕地球旋转。"

艾米莉抑制不住内心的激动。"你的发现是划时代的，伽利略。它将改变人类认识宇宙的方式。"

伽利略看起来很感兴趣。"你说得好像你知道未来会发生什么。这怎么可能呢？"

一向谨慎的伊万插了进来。"我们拥有超越你们那个时代的知识。你的工作为未来的天文学家和科学家奠定了基础。你是一位先驱。"

伽利略的眼睛睁得大大的，既难以置信又惊叹不已。"你是说我被人铭记？我的工作经久不衰？"

哈里斯指挥官点了点头。"的确，你的名字已被世人所熟知，并被推崇了几个世纪。你挑战既定信念的勇气激励了无数人。"

小组中的科学家克劳斯向前倾了倾身子。"伽利略，你的观测结果支持哥白尼提出的日心说模型，不是吗？"

伽利略的表情变得严肃起来。"是的，但这是一种危险的信仰。教会强烈反对这种观点。他们坚持认为地球才是宇宙的中心。"

索菲语气温和而坚定。"有时候，即使冒着极大的个人风险，也必须捍卫真理。你的工作太重要了，不能被压制。"

伽利略叹了口气，眼中流露出坚定和不甘。"我知道这一点，但违抗教会的后果是严重的。我必须小心行事。"

艾米莉伸出手，搭在伽利略的胳膊上。"我们理解你面临的危险。要知道，你并不孤单。你们的发现终将在历史上占据应有的位置。"

伽利略点了点头，他和宇航员之间形成了一种团结感。"谢谢你们，我的朋友们。你们的话给了我力量。无论付出多大的代价，我都会继续我的工作。"

索菲靠得更近了。"伽利略，你面对逆境的勇气令人鼓舞。明知有风险，你是如何找到力量继续工作的？"

伽利略轻轻一笑，眼中闪过一丝坚定。**"追求真理是一**项崇高的事业。我始终认为，了解宇宙是向造物主致敬的一种方式。我们怎能不去了解造物主的杰作之美呢？

克劳斯点点头，补充道："在我们这个时代，许多科学家都面临着类似的挑战。对知识的追求往往与既定信仰相冲突。但你的例子表明，进步是值得奋斗的。

伽利略的表情因感激而变得柔和。"后人能继续这种探索，令人欣慰。告诉我，你们发现了什么奇迹？"

伊万谨慎地分享道："我们已经探索到了自己星球以外的地方，向其他世界派遣了机器和人员。我们近距离观察过卫星、行星，甚至恒星。你的工作为这些成就奠定了基础。"

伽利略听着，眼睛瞪得大大的，既惊奇又难以置信。"告诉我，"他说，"星空之外是什么？"

艾米莉犹豫了一下，意识到他们必须保持微妙的平衡。"一个充满奇迹的宇宙。"她小心翼翼地回答。"但有些秘密最好暂时不要揭开"

伽利略惊奇地睁大眼睛。"遨游星际……这是我经常思考的一个梦想。你的话让我对未来充满了希望。"

艾米莉深有感触地说："你的遗产是巨大的，伽利略。您对木星卫星的发现将使我们对自己在宇宙中的位置有更深入的了解。你向我们证明，追求知识是值得一走的旅程。"

伽利略的目光变得凝重起来。"向我保证，无论遇到什么困难，你们都会继续这段旅程。为了全人类的利益，真理必须占上风。"

哈里斯指挥官庄严地点点头，回答说："我们保证，伽利略号。你的工作将激励我们不断挑战知识的极限，不惜一切代价寻求真理。"

夜越来越深，宇航员们知道是时候离开了。他们分享了自己的知识并给予了鼓励，但他们不能留下。伽利略护送他们回到最初出现的地方。

"保重，伽利略，"索菲说，她的声音充满了敬佩。"世界需要你的光芒。"

"记住，"艾米丽补充道，"你研究的恒星有一天会被那些根据你的发现而研究的人所研究。"

当研究小组准备返回金字塔时，艾米莉久久不愿离去，心里沉甸甸的，有说不出来的话。她走近伽利略，声音温柔而恳切。

"伽利略，"她低声说，"继续往上看。你的工作将改变世界。"

他点了点头，眼中闪过一丝理解和鼓舞，尽管他还不能完全理解她话中的深意。

伽利略最后点了点头，看着宇航员们启动了他们的设备，当他们从他的时间中消失时，空气中弥漫着轻轻的嗡嗡声。当他回到自己的望远镜前时，伽利略的心中充满了新的决心和希望。他现在知道，他的工作将超越时间，为后代照亮道路。

回到火星后，队员们再次出现在熟悉的金字塔内。他们再次手牵手，这次经历以一种全新而深刻的方式将他们紧紧联系在一起。

艾米丽细致地记录了他们与伽利略的相遇，她的文字中充满了这位文艺复兴时期科学家的惊奇和灵感。克劳斯和艾米莉在共同的回忆中找到了慰藉，他们共同面对的考验加强了他们的联系。

金字塔在他们心中低语："时间是一条河流。我们是它的涟漪"。

宇航员们已经成为了编年宇航员，在时间的结构中穿梭。他们的旅程才刚刚开始，每一步都是浩瀚存在之河中的涟漪，承载着地球和火星的智慧和遗产。这次回到伽利略身边的旅行给他们留下了深刻的印象，宇航员们已经开始计划再次拜访这位历史上的重要人物。为此，他们选择了一个同样已成为历史书中不可磨灭的一部分的重大事件。

第 23 章：伽利略的审判（1633 年）

抵达罗马

火星金字塔的时间机器门闪烁着脉冲，小组准备进行下一次时间旅行。他们选择了科学史上的另一个关键时刻：1633 年，伽利略-

伽利莱在宗教裁判所接受审判。随着星星再次对齐，传送门打开了，露出了罗马宗教裁判所的大厅，光线刺眼，大厅里回荡着回声。

队员们出现在审判室一个阴暗的角落，聚集在一起的官员和围观者都没有看到他们。这个房间与火星金字塔形成了鲜明的对比，充满了历史的厚重感以及恐惧和权威的压抑气氛。伽利略站在中央，他的脸上布满了岁月的痕迹和忧虑，曾经明亮的双眼也因为即将受到谴责而变得黯淡无光。

索菲站了出来，她的决心让她的神经更加坚强。"我们不能直接干涉，"她低声对队员们说，"但我们可以向伽利略提供他所需要的精神支持和论据。"

艾米丽点点头，她对科学的热情比以往任何时候都更加炽烈。"我们需要让他们明白事理，了解日心说的真相。"

克劳斯一直是个实用主义者，他保持沉默，但观察入微，他的思想在保护历史和追求真理之间纠结。

宗教裁判所开始

审判开始时，宗教裁判官宣读了对伽利略的指控：鼓吹宇宙的日心说和不服从命令。房间里充满了低沉的杂音，聚集在一起的人群发出了反对和恐惧的声音。

伽利略一个人孤零零地站在那里，与教会的强权对抗。但在

索菲、艾米丽和克劳斯的注视下，他们知道必须想办法支持他。

索菲的支持

索菲走得更近了，虽然看不见她的身影，但她的声音却带着坚定的力量。"伽利略，"她低声说，"你必须坚持下去。我们与你同在。"

伽利略虽然不知道声音的来源，但似乎从中汲取了力量。他抬起头，声音平稳。"我只是在寻求真理，"他宣称。"我用望远镜观测到的结果证实了哥白尼提出的日心说模型"。审问者们不安地晃动着。其中一个面容严厉的老人似乎有些动摇。

克劳斯注视着审讯过程。他明白介入过去的危险，但也看到了影响思想走向真理和理性的潜力。他注意到审问者的肢体语言，寻找任何怀疑或愿意接受说服的迹象。

随着争论的继续，克劳斯看到了机会。他走近那位有动摇迹象的审问者。"你知道这是事实，"他利用自己对人类心理学的了解，在他耳边轻声说道。"科学是不能被压制的。"

转折点

审问者环顾四周，一脸不安，他没有看到任何人，难道是他的良心对他说了悄悄话？

"伽利略，"他说，声音缓和了一些，"你的观察很出色，但教会不能容忍与圣经相悖的教义。"

伽利略的脸沉了下来，但索菲察觉到了他的软弱，于是再次开口。"请他们用望远镜看一看，"她催促道。

伽利略点了点头，绝望和希望交织在他的眼中。"他说："我只要求你们自己用望远镜看一看。"看看我看到了什么。"

审问者们勉强同意了。一架望远镜被搬进密室，他们一个接一个地透过望远镜观看，表情从怀疑转为惊叹。木星的卫星、金星的相位--
他们无法否认眼前的证据。

判决

在一阵紧张的沉默之后，主审官开口了。"伽利略，你的发现非常了不起。然而，罗马天主教会必须维护其权威。你可以继续你的工作，但必须私下进行，不得公开你的发现。"

伽利略点了点头，脸上的欣慰和失望交织在一起。这并不是一次完全的胜利，但这是朝着最终接受日心说迈出的一步。

事实上，首先在1822年，圣职部（宗教裁判所）正式允许出版将日心说视为物理事实而不仅仅是假说的书籍。随后，教皇庇护七世于1820年颁布了一项正式法令，该法令随后于1822年出版。直到 1992 年，教皇约翰-

保罗二世才正式承认教会谴责伽利略的错误。这一行动是天主教会与现代科学和解的更广泛举措的一部分。

返回火星

随着试验的结束，队员们感受到了金字塔大门的吸引力。他们已经尽其所能，没有对历史进程造成太大的改变。他们走回传送门，房间里弥漫着火星金字塔熟悉的嗡嗡声。

回到火星后，队员们静静地站着，回味着旅途的经历。艾米丽深感充实，她知道他们支持了历史上最伟大的思想家之一。索菲和克劳斯分享了一个相互尊重和理解的眼神。

"我们做了力所能及的事，"伊万轻声说。"我们帮助他坚定信念"。

"假以时日，"索菲补充道，"真相终将大白于天下。"

金字塔再次向他们低语："时间是一条河流。我们是它的涟漪"。

就这样，他们知道他们的旅程还远远没有结束。

第 24 章：邂逅传说中的罗宾汉（12 世纪）

时空旅行的可能性给宇航员们留下了深刻的印象，他们计划做更多的事情来开阔视野。艾米丽是他们指定的历史学家和导游，她想访问一下自己的家乡。她在学生时代就对罗宾汉的冒险故事非常着迷。

罗宾汉最为人熟知的原因是：

1) 他是传说中 "劫富济贫 "的亡命英雄。分给穷人 "的传奇逃犯英雄。

2) 营救他的浪漫爱情女仆玛丽安。这位贵族女子卷入了

   罗宾汉和他的对手，尤其是罗宾汉的郡长之间的冲突。他的对手，

   尤其是诺丁汉郡长。

3) 射出一支箭，劈开另一支已经插在靶子上的箭。

   箭靶。这种非凡的射箭技巧被称为 "劈开箭 "或 "劈开箭"。

   箭 "或 "罗宾汉射箭"。

队员们同意跟随艾米莉前往中世纪的英格兰。怀着期待的心情，宇航员们为与传说中的逃犯相遇做好了准备。每个人都随身携带了一个隐秘的录音装置，藏在衣服里，以便在不改变历史进程的情况下记录他们的相遇。

索菲将时间坐标输入网关的控制面板，随着一声轻哼启动了这项古老的技术。网关闪闪发光，露出了中世纪英格兰的一角。

带着共同的使命感，他们走进了时间漩涡，准备踏上前往诺丁汉的征程。

"让我们以谨慎和尊重的态度对待这次会面，"哈里斯指挥官敦促道，他的声音带着他们使命的重量。

诺丁汉和拯救少女玛丽安

宇航员们出现在诺丁汉繁华小镇一条灯光昏暗的小巷里。鹅卵石铺就的街道上，商人们叫卖的声音、乡亲们聊天的声音以及郡长卫兵盔甲碰撞的声音此起彼伏。新鲜出炉的面包香味与附近森林的泥土芳香混杂在一起。

索菲兴奋地叫道："太不可思议了！我们真的来到了中世纪的英格兰。

哈里斯指挥官警告他的团队："大家保持警惕。我们不知道在这里会遇到什么或什么人。"

哈里斯指挥官扫视了整个区域。他继续说道："我们需要找到女仆玛丽安。根据传说，她被关在郡长的城堡里。"

"我们还是谨慎地收集信息吧。"艾米莉建议道。"我们不想引起别人的注意。"

当他们穿过拥挤的集市时，无意中听到了玛丽安小姐即将被处死的窃窃私语。诺丁汉郡长指控她协助罗宾汉，并计划杀鸡儆猴。

计划

"我们的时间不多了，"索菲急切地说。"我们需要一个进入城堡解救她的计划。"

"我可以用隐形手镯侦察一下这个区域，找到她的确切位置，"克劳斯提议道。

"索菲和我去拿等离子权杖，"伊万说。"我们来对付守卫。"

"我和索菲、艾米丽待在一起。"哈里斯指挥官说。"我们用医疗棒确保玛丽安安全逃脱。"

克劳斯戴上隐形手镯，立刻变得闪闪发光。他迅速向城堡移动，悄无声息地从守卫身边溜过。

潜入城堡

在城堡里，克劳斯穿过黑暗的走廊，避开了巡逻的卫兵。他在一间光线昏暗的小牢房里找到了女仆玛丽安。她被锁在墙壁上，脸色苍白但神情坚定。

克劳斯解除了隐形装置，出现在她面前。"我们是来帮忙的。"他低声说道。

玛丽安女仆惊讶地睁大眼睛。"你们是谁？"

玛丽安女仆和艾米莉有几分相似，所以克劳斯认为这两个女人可能是亲戚，尽管时间绝对不可能证明这一点。但谁知道呢？生物学家克劳斯很想对女仆玛丽安进行 DNA 分析，以证明艾米莉的基因来自女仆玛丽安。

"一个朋友，"克劳斯回答，用手镯再次隐身。"我会带着帮助回来的"

营救任务

城堡外，队员们在暗处等待。克劳斯再次出现，向他们通报了玛丽安女仆的位置。

"索菲，伊万，干掉入口处的守卫，"哈里斯指挥官吩咐道。"艾米丽和索菲，跟我来。"

索菲将等离子权杖调整到眩晕模式。她和伊万精准地射击，使入口处的守卫丧失了行动能力，为其他人扫清了道路。他们迅速穿过城堡，利用隐形手镯避免被发现。

他们顺利到达地牢。索菲和艾米丽用手镯溜过守卫，打开了玛丽安女仆的牢房。哈里斯指挥官用医疗棒治好了玛丽安女仆的伤口，她立刻恢复了体力。

"玛丽安小姐说："我们得快点行动。"郡长的人随时会来"

战斗

当她们回到城堡入口时，警报响了。卫兵们拔出武器，涌进了走廊。哈里斯指挥官将等离子权杖切换到燃烧模式，用可控的连发扫清道路。伊万和克劳斯展开了近身搏斗，索菲和艾米丽则利用隐形手镯制造混乱，时隐时现，从暗处发起攻击。

尽管困难重重，但他们的先进技术和团队合作还是取得了胜利。守卫很快被击溃，他们得以逃出城堡，融入小镇。

遇见塔克修道士

在一片混乱中，他们遇到了一个穿着僧袍的秃头矮胖子--塔克修道士。塔克修道士。他表情友好、风趣，脖子上挂着一个木十字架。

塔克修道士注意到了宇航员，对他们说："好啊，好啊，我们这里有什么？看来是从远方来的旅行者。"

艾米莉走上前回答道："你们好。我们的确是旅行者，不过我们的旅程很不寻常。我叫艾米丽，他们是我的同伴，哈里斯指挥官、伊万、苏菲和克劳斯。"

塔克修道士眼珠一转，评论道："你说非常规？你们看起来和我见过的任何旅行者都不一样。你们的装束也很奇特。你们穿戴着这些奇特的盔甲和头盔，你们是骑士吗？"

克劳斯："在我们的世界里，骑士被称为'宇航员'，我们的盔甲和头盔被称为'太空服'。我们来自一个远离这里的地方，无论是距离还是时间。我们没有恶意，只寻求知识和理解。现在，我们需要为这位女士找到一个安全的庇护所。"

克劳斯把女仆玛丽安带到跟前，之前他一直把她藏在自己高大的身材后面。

塔克修士认出了玛丽安小姐，又看到陌生人在帮助她，便迅速加入了他们的队伍。

塔克修士点点头说："啊，求知者。高尚的追求。你们一定旅途劳累了吧。来吧，让我们为你们找些休息和食物。我带你去见我的朋友们。他们会很高兴见到你的"

"跟我来，"他催促道，带着他们穿过迷宫般的街道，来到一条通往舍伍德森林的隐蔽小路。

在古树的树冠下，气氛从紧张急迫转为谨慎释然。塔克修道士现在更放松了，他转向玛丽安小姐。"罗宾会很高兴看到你平安无事的，我的小姐。你的朋友会是谁呢？"

邂逅传奇：

罗宾汉和他的快活人在舍伍德森林

"欢迎来到舍伍德森林，"艾米莉低声说，眼睛扫视着葱郁的风景。"这里是罗宾汉和他的快乐伙伴们的领地"

空气凉爽，弥漫着松树和潮湿泥土的芬芳。鸟儿在远处鸣叫，树叶的沙沙声暗示着野生动物的存在。宇航员们仍然穿着宇航服，但都打开了面罩，敬畏地看着周围郁郁葱葱的绿色植物。

宇航员们跟随塔克修道士穿过森林，惊叹于周围的美景。树木高大而古老，树叶在头顶形成了浓密的树冠。走了一会儿，他们来到一个隐蔽的营地，这里热闹非凡。身着乡村服饰的男男女女走来走去，有的在打理杂务，有的在练习射箭，有的在比划木剑。

塔克修士走近一个蒙面人，他拿着一个装满箭的箭筒和一张弓。这就是传说中备受追捧的传奇人物吗？按照当时的标准，他的身高令人印象深刻。

罗宾汉向塔克修道士提出了一个问题："塔克，你带到我们营地的这些陌生人是谁？

塔克修道士咧嘴一笑，回答道："罗宾，他们是来自遥远国度的旅行者。在他们的世界里，骑士被称为"宇航员"，他们的盔甲和头盔被称为"太空服"。

他们的故事非常引人入胜 我想您会喜欢听的

此外，他们还从诺丁汉郡长的魔掌中 救出了玛丽安小姐

并把她毫发无损地带回了这里"

一个高大的身影自信地走上前来，肩上挎着一张弓。他那双锐利的眼睛仔细打量着新来的人。"玛丽安，"他微笑着说。"欢迎回来。这些勇士是谁？"

"罗宾，他们是我们的新盟友，"玛丽安小姐说。"他们自称是宇航员，不管那是什么意思。但他们拥有我从未见过的技能和工具。他们帮我逃了出来。"

罗宾汉研究了一下宇航员，说："欢迎来到舍伍德森林。我是罗宾汉，这些是我的快乐之人。我们反对暴政，为正义而战。任何帮助我夫人的人都是我的朋友。"罗宾汉向哈里斯指挥官伸出了手。

哈里斯指挥官紧紧握住他的手，开始说道："我们很荣幸见到你，罗宾。我们来自遥远的国度，但现在，我们有共同的事业。"

"罗宾汉，"哈里斯指挥官重新开口，声音充满敬意，"我们穿越时空，来寻求您的智慧和指引。您的勇气和慷慨激励了一代又一代人，我们很荣幸再次见到您。"

罗宾汉既好奇又怀疑地打量着他们，敏锐的目光打量着每一个人。

"来自遥远国度的旅行者来找我有什么事吗？"他问道，声音中带着怀疑。"啊，你们是来寻找智慧的旅行者吗？你们希望从我这样的亡命之徒身上学到什么？"

艾米莉走上前来，目光坚定而坚定。"她解释说："我们希望了解你们所坚持的正义和平等原则。"你们的行动向暴政和不公正的压迫势力发起了挑战，我们希望向你们学习。"

艾米莉带着无可挑剔的英国口音，完全可以与生活在这里的人们打成一片，尽管他们之间相隔了几个世纪。

罗宾汉说："你和玛丽安长得真像。你们是双胞胎姐妹吗？克劳斯笑了，因为他确认了自己第一次见到玛丽安女仆时的印象。

艾米莉眼波流转地回答道："你过奖了，罗宾！但我们不是"。

罗宾汉接着说："那好吧。你说正义和平等？它们的确是崇高的理想，但实现起来并不容易。通往正义的道路充满了危险和不确定性。你们准备好走这条路了吗？"

伊万："我们准备好了，罗宾汉。我们相信，即使身处逆境，正义也值得为之奋斗。"

罗宾汉：**"我的朋友**们，你们说得才像真正的勇士。但请记住，正义之路并不总是一帆风顺的。有时，我们必须为更大的利益做出艰难的选择和牺牲。

索菲现在也加入进来：**"我们**理解，罗宾汉。在追求正义的道路上，我们已经做好了迎接任何挑战的准备。"

罗宾汉看了她一会儿，然后点头表示同意。**"很好，"他**说，语气缓和下来。**"我的朋友**们，和我们一起坐吧 **我会**给你们讲勇敢和英雄主义的故事"

罗宾汉向旅行者们介绍他的

"快乐的人们"："欢迎你们，朋友们。你们不远万里来到我们这里，与你们共享今夜是我们的荣幸。请允许我介绍我的同伴们：

小约翰，我忠实的左右手；塔克修道士，我们的精神向导；威尔-

斯嘉丽，脚步轻盈；艾伦-戴尔，嗓音甜如蜜的吟游诗人。

宇航员们与这位传奇英雄和他的亡命之徒--"快乐的人

"乐队有着深厚的感情。他们跨越时空，站在传奇人物罗宾汉的身边，团结一致，为正义和自由而奋斗。

哈里斯指挥官："我们听说了你们的传奇事迹，希望学习你们的经验。

小约翰站了出来："旅行者们，你们有什么故事要分享呢？你们在旅途中一定见多识广。"

伊凡插话道："的确如此。我们来自遥远的未来，那里的世界与现在大不相同。我们面临了许多挑战，学到了许多经验教训，但还有更多的东西需要我们去发现。"

威尔-
斯嘉丽微笑着说："那你们来对地方了。我们有很多东西可以互相学习。来吧，坐在篝火旁，分享你们的故事。"

旅行者们围在篝火旁，闪烁的火焰照亮了他们的脸庞。罗宾汉坐在一根倒下的圆木上。

罗宾汉开始说话了："仔细听着，我的朋友们，我将告诉你们困扰我们这片土地已久的不公正现象，以及敢于反抗这些不公正现象的勇士们......"

就这样，在舍伍德森林的树冠下，罗宾汉向旅行者们讲述了大胆的逃亡、英勇的事迹和无私的英雄主义行为。夜幕降临，他们聚精会神地听着，心中充满了对这位传奇逃犯和他的快乐之人的敬佩。

射箭的意义

罗宾汉解释说："射箭，我的朋友们，不仅仅是用弓射箭的行为。它是一

种象征--

一种技巧、精确和纪律的象征。这是一门既需要身体力量，又需要头脑清醒的手艺"。

艾米莉问道："那么，除了身体方面，射箭还意味着什么呢，罗宾汉？它有什么更深层次的意义？"

罗宾汉答道："啊，这个问题问得好，亲爱的。你看，射箭不仅仅是一种狩猎或战争手段。它隐喻着生命本身。

伊凡插话道："怎么说，罗宾汉？我看不出射箭和复杂的生活之间有什么联系。"

罗宾汉试图澄清："想想看，伊万。当一个人拉开弓弦时，他必须集中精神，稳住双手。他们必须瞄准目标，坚定信念，有的放矢。在那一刻，没有怀疑和犹豫的余地。只有箭，真实地飞向目标"。

索菲总结道："那么，射箭是一种隐喻，象征着在逆境中保持专注和坚定？

罗宾汉点点头："正是如此，索菲。在生活中，就像在射箭时一样，我们经常会遇到障碍和挑战，它们可能会让我们偏离正轨。但只要我们坚定目标，目不转睛地盯着目标，再大的困难也能克服。"

克劳斯一脸怀疑地问："那箭本身呢？它象征着什么？

罗宾汉回答道："朋友，箭象征着希望--

黑暗中的一盏明灯。它代表着我们的梦想，我们的愿望，以及我们对美好明天的不懈追求。我们每射出一箭，就会离我们的目标越来越近，我们的希望就像飞箭一样越飞越高"。

克劳斯对他的宇航员同伴们说："很遗憾威不能参加这次讨论，因为她本可以用她的禅宗背景贡献出她的射箭知识"。

艾米莉的眼神可能会要了克劳斯的命。他怎么能再提威呢
她想知道威还在他的思念里吗，带着爱和亲情？这还是不够的。艾米丽意识到，一旦有机会，她必须让克劳斯对她做出明确的承诺。

宇航员和 "快乐的人
"分享了友情的时刻，他们的精神因思想的交流和对正义的共同承诺而振奋。篝火燃得很低，舍伍德森林上空的星星闪烁着光芒，见证了这次非同寻常的会面。

艾米莉再次提起射箭的话题："罗宾汉向我们解释了射箭的深层含义。我们很想了解更多关于您的哲学思想，以及它们如何指导我们自己的旅程"。在艾米莉提出这个问题的时候，她既想又希望克劳斯能够认识到，她也可以就射箭的哲学提出同样巧妙的问题。那就不需要威了。

威尔-
斯嘉丽接过了话题："射箭的确是一门高尚的艺术，但它只是我们生活方式的一个方面。在舍伍德，还有很多东西值得我们学习。"

艾伦-
戴尔插话道："让我来分享一首歌吧，它唱出了我们的奋斗与胜利。音乐有一种传达真理的方式，而单靠语言是无法表达的。"

阿兰-阿-

戴尔弹起琵琶，开始吟唱一首民谣，歌颂快乐的人们的功绩、他们与诺丁汉郡长的战斗，以及他们对人民坚定不移的承诺。

行动的动力

自己也是音乐家的伊万说："太美了，艾伦。你的音乐真正捕捉到了你事业的精神。但我很好奇，是什么驱使你们为正义而战？是什么促使你冒如此大的风险，罗宾汉？"

罗宾汉的目光因怀念而变得柔和。他深吸了一口气，思绪回到了遥远的国度和昔日的战斗。

"我的故事要从我成为亡命之徒很久以前说起。"他开宗明义，声音沉稳而富有内涵。"我出生在拉西里的罗伯特，一个生活安逸的无赖。但当我加入狮心王理查德的第三次十字军东征时，我的世界改变了。我当时年轻气盛，充满渴望，对荣耀和荣誉充满理想。

他停顿了一下，火光在他饱经风霜的脸上投下阴影。"十字军东征是一场残酷的战争。我所看到的一切会让任何人寝食难安--
城市被围困，生命被夺走，与敌人的斗争持续不断，而敌人和我们一样都是人。正是在那些严酷的沙漠和血腥的战场上，我掌握了射箭和格斗的技能。

但更重要的是，我在那里了解到了战争的真正代价。"

艾米莉向前倾了倾身子，眼睛睁得大大的，充满了神往。"那理查德国王呢？"

罗宾汉深情地笑了。"理查德是个彻头彻尾的勇士国王。他作战勇猛，内心是一头真正的雄狮。但他也是公正公平的，是一位能激发忠诚和勇气的统治者。我们一起并肩作战过很多次。我们之间相互尊重，在战火中结下了不解之缘。"

克劳斯总是对人际尖系充满好奇，他问道："这段尖系是如何塑造现在的你？"

罗宾汉的表情变得阴沉。"当我们回到英格兰时，发现我们的祖国正处于动荡之中。理查德在回国途中被俘，在他被囚禁期间，他的弟弟约翰夺取了政权，以暴政和贪婪统治着英格兰。我回到的英格兰已经不是我离开时的样子了。人民受苦受难，税负沉重，正义罕见"。

他握紧拳头，强烈的目光中反射出火光。"就在那时，我意识到了自己真正的使命。我不能再眼睁睁地看着我的人民受苦。我走上森林，召集志同道合的男男女女。我们成了亡命之徒，没错，但我们是有使命的亡命之徒--
保护弱者，与不公正作斗争，并提醒那些掌权者，他们并不是罪无可恕。

索菲点点头，被他的故事深深打动。"那么，你和里查德在一起的日子，你作为十字军战士的经历，塑造了你的正义感？"

罗宾汉点了点头。"的确如此。十字军东征教会了我每个生命的价值、为正义而战的重要性以及团结的力量。我和理查德的尖系让我懂得了真正的领导者的素质，以及一个公正的统治者所能产生的影响。当我现在战斗的时候，我希望有一天正义能够得到伸张，英格兰能够重新获得和平。

伊万从罗宾汉的故事中受到启发，问道："作为来自另一个时代、寻求与众不同的旅行者，你对我们有什么建议？"

罗宾汉看着他们每个人，眼神中充满了智慧和坚定。"坚持正义，即使困难重重。用你们的技能和知识保护那些无法保护自己的人。记住，真正的领导力不在于权力，而在于服务他人。为荣誉而战，永远不要忘记自己的原则。对我来说，这就是对人民的爱。看到他们的苦难，知道自己有能力改变现状，这迫使我采取行动。权贵的暴政必须受到挑战，我将不惜一切代价保护无辜者"。

小约翰补充道："我为忠诚和兄弟情谊而战。罗宾和我一起经历了许多战斗，我们之间的纽带牢不可破。我们的事业是正义的，我们的团结给了我们力量。

塔克修道士评论道："对我来说，这是一个信仰问题。我相信有一种更高的力量在召唤我们与不公正作斗争。我们信仰的教义迫使我们以同情心行事，保护受压迫的人。

威尔-
斯嘉丽解释说："速度和敏捷是我的优势，我用它们来战胜我们的敌人。但我的动力来自于深深的公平感。我不能眼睁睁地看着穷人被剥削和虐待"。

艾伦-

戴尔也参与了讨论："我的音乐就是我的武器。通过歌曲，我激发了同志们的希望和勇气。我为看到我们的人民在斗争中崛起并重拾尊严的喜悦而战"。

克劳斯对罗宾汉说："你的言行确实鼓舞人心。我们来自一个正义常常被贪婪和腐败所掩盖的世界。您有什么建议可以帮助我们应对这些挑战？

罗宾汉建议："无论付出多大代价，都要坚持自己的原则。正义之路并不平坦，但它是唯一值得走的路。要勇敢，要坚定，永远不要忘记自己的目标"。

塔克修士补充道："记住，要在团结中寻求力量。单打独斗，我们是脆弱的，但团结起来，我们是强大的。你们周围要有与你们有着共同理想和价值观的盟友"。

艾米丽："谢谢你，罗宾，谢谢大家。你们的智慧将指引我们继续前行。我们很荣幸能认识你们，并分享你们的知识。"

罗宾汉："这是我们的荣幸，艾米丽。你真的不是玛丽安的妹妹？"

这被认为是一个反问句，所以罗宾汉没有等待任何人的回答，继续说道：

"愿你的箭射得准，愿你得到你所追求的正义。记住，舍伍德森林永远是那些为正义而战的人的天堂。"

哈里斯指挥官说："谢谢你，罗宾汉，谢谢你的智慧。您的话让我们在继续前行的路上思索良多。"

罗宾汉："这是我的荣幸，指挥官。朋友们，请记住，射箭的真谛不在于靶心，而在于旅程--
自我发现、成长和蜕变的旅程。所以，让你们的箭飞得更准，愿你们的心永远被弓的智慧所指引。"

当篝火渐渐熄灭，星星开始在头顶闪烁时，宇航员们告别了罗宾汉和他的快乐之人。他们回到了现在，心中充满了感激之情，感谢能有机会见到昔日的传奇人物。他们的脑海中回荡着永恒的智慧。

"我们见证了勇气和同情心的力量，"艾米莉反思道，她的声音充满了崇敬。"我们也因此更加深刻地理解了人类顽强不屈的精神"

第 25 章 探索古希腊（公元前 399 年）

古代一瞥

在火星金字塔的深处，宇航员们在对知识和冒险的无限渴求的指引下，再次召开了会议。小队的历史学家艾米丽建议下一个时空旅行目的地是古希腊，当时正值古希腊思想文化的鼎盛时期。

"希腊，大约公元前 400年，"艾米莉宣布，她的声音充满了兴奋。"我们将见证民主的诞生、哲学的蓬勃发展和古代建筑的奇迹。"

队员们满怀期待地交换着眼神，迫不及待地开始了这次非同寻常的历史之旅。

火星金字塔的入口再次发出空灵的能量嗡嗡声，宇航员们准备开始又一次穿越时空的旅行。他们想见到著名的哲学家苏格拉底。

宇航员们穿着古希腊公民的服装，完美地融入了过去。每个人都随身携带了一个隐蔽的录音装置，藏在衣服里，以便在不破坏微妙平衡的情况下，捕捉这个逝去时代的奇迹。索菲灵巧地将时空坐标输入网关的控制面板，随着一声轻哼启动了这项古老的技术。网关在他们面前形成了一个光的漩涡。哈里斯指挥官、艾米丽、克劳斯、索菲和伊凡双手合十，围成一个圆圈。索菲低声念出启动咒语，网关闪闪发光，展现出古代雅典令人惊叹的景象。

"让我们怀着崇敬和谦卑的心情靠近它，"哈里斯指挥官敦促道。

带着共同的使命感，他们走进了漩涡，准备沉浸在古希腊的奇迹中。

抵达文明摇篮

随着漩涡的消散，宇航员们出现在古雅典的中心。

"欢迎来到西方文明的发源地，"艾米莉惊呼道，眼中闪烁着惊奇的光芒。"请看雅典卫城，帕台农神庙，还有下面熙熙攘攘的阿哥拉。"

他们惊叹于周围的建筑奇迹，它们的美丽和优雅见证了古希腊人的智慧和艺术才能。

在艾米莉专业知识的引导下，宇航员们走进了雅典社会的中心，在这里，哲学家们辩论着存在的本质，诗人吟唱着英雄和神灵，工匠们制作着永恒的艺术品。

"这是一片充满智慧和美丽的土地，"艾米莉说，他的声音带着崇敬。"见证民主的诞生和智慧的繁荣确实令人敬畏"。

在观察古希腊生机勃勃的生活时，宇航员们深切地感受到了与过去的联系，他们的存在是对人类创造力和创新力永恒遗产的无声赞颂。

"我们踏着巨人的足迹前行，"艾米莉喃喃自语，目光停留在古老的建筑上。

追逐集市

他们来到熙熙攘攘的阿哥拉（Agora），这是雅典的中心集市，周围是古老的建筑、商人和正在进行热烈辩论的哲学家。

"我们必须找到苏格拉底，"哈里斯指挥官环顾拥挤的集市说。"但我们必须小心谨慎，不要引起别人的注意。"

雅典阿哥拉（Agora）的上空艳阳高照，在大理石柱和热闹的市场摊位上洒下温暖的光辉。商人们叫卖着自己的商品，孩子们在人群中奔跑，空气中弥漫着讨价还价和欢声笑语。

亚高洛犹如万花筒，色彩斑斓，动感十足。商人们的摊位鳞次栉比，摆满了琳琅满目的商品--
绘有复杂图案的陶瓷、青铜和铁制工具、新鲜的农产品以及来自遥远国度的异国香料。工匠们展示着他们的手工艺品，从陶工在车轮上塑造粘土，到铁匠敲打发光的金属。

熙熙攘攘的人群充斥着每一个角落，他们的交谈声不绝于耳。嘈杂的讨价还价声中，不时夹杂着商人为自己的商品做广告的叫卖声，与牲畜的叫声--羊咩咩的叫声、鸡咯咯的叫声和偶尔传来的驴叫声--交织在一起。

空气中弥漫着各种香气。新切草药的清香、陶土的泥土味和兽皮的味道混杂在一起。小吃摊上散发出诱人的烤肉香、新鲜出炉的面包香和蜂蜜蛋糕的甜香。从沙拉到热面包，空气中都弥漫着橄榄油的香味，使人们的嗅觉更加丰富。

宇航员们出现在阿戈拉立刻引起了人们的注意。
好奇的目光投向了这些新来者。宇航员们试图融入其中，小心翼翼地穿过市场。一头鲜红头发的艾米丽和光头的克劳斯尤其引人注意。人群中的杂音越来越大，一股怀疑的浪潮在市场中荡漾，很快，他们周围就聚集了一小群人。

"这些人是谁？"一个商人对他的邻居嘀咕道。问题纷至沓来，人群的好奇心迅速转化为不安。

"看看他们的衣服！他们一定来自遥远的地方。"另一个人回答道。

哈里斯指挥官感觉到了日益加剧的紧张气氛，他向队员们发出了行动的信号。"我们必须马上离开这里。"

索菲的脚步总是很快，她启动了隐形手镯。她从人们的视线中消失了，引起了围观者的惊呼。她用隐身术分散了人们的注意力，撞翻了一辆水果车。苹果和橘子散落一地，引起了一阵骚动，引起了卫兵的注意。

"快走！马上！"索菲的声音催促着队员们。

趁着混乱，宇航员们悄悄溜走，混入了拥挤的市场人群中。

被骚乱惊动的城市卫兵开始向他们靠拢。他们的盔甲发出叮当声，穿过人群，决心逮捕这些陌生人。宇航员们现在成了众矢之的，别无选择，只能逃跑。

哈里斯指挥官在前面带路，用等离子权杖的眩晕模式使任何靠得太近的卫兵丧失行动能力。权杖的能量脉冲闪烁着耀眼的光芒，划破了昏暗的光线，每一次发射都会让一名警卫摔倒在地。

追逐队穿过迷宫般的市场摊位。宇航员们躲过陶器架，跃过成堆的谷物袋。路上的动物四散奔逃--
鸡惊慌地拍打着翅膀，一只拴在柱子上的山羊在他们飞驰而过时疯狂地咩咩叫。

"继续前进！"哈里斯指挥官大声喊道，挥手示意队伍前进。

克劳斯凭借敏捷的身手和快速的反应，帮助队伍穿越了重重障碍。他翻过手推车，躲到遮阳篷下，为同伴们开辟道路。他的杂技融合了本能和训练，让他们领先卫兵一步。

当卫兵继续穷追不舍时，哈里斯指挥官迅速做出了决定。"我们得分头行动。索菲、伊万，去那条巷子 艾米丽、克劳斯跟我来。"

索菲和伊万拐进了一条狭窄的小巷，他们一边跑一边被阴影吞噬。他们在一家铁匠铺里找到了避难所，锻炉的热气在空气中弥漫开来。铁匠被他们的突然出现吓了一跳，困惑地看着他们用工具和武器临时搭建的路障。

"这应该能挡住他们一会儿，"伊万气喘吁吁地说。

与此同时，哈里斯指挥官、艾米丽和克劳斯继续穿梭在市场中，步伐毫不停歇。随着队伍的分开，追击的声音也逐渐减弱，每个小组都希望能在亚高洛的迷宫中甩掉追兵。

捕捉艾米丽

当他们穿过拥挤的人群时，艾米丽被一块松动的石头绊倒了。她一个踉跄摔倒在地，隐形装置从她手中滑落，哐当一声掉在地上。她还没来得及捡起来，一群雅典卫兵就走了过来。

"艾米丽！"克劳斯喊道，但为时已晚。

卫兵们一拥而上，抓住了艾米丽。她奋力挣扎，但他们牢牢地抓住了她。她很快就被制服并拖走了，哭喊声消失在市场的嘈杂声中。

"救命！"她尖叫着，但其他人已经冲在前面了。

"这是什么？"一名卫兵拿起奇怪的装置问道。他看着艾米莉，眼睛眯了起来。"你，你从哪儿来的？"

艾米莉努力保持镇定，站了起来。"我是一个来自遥远国度的旅行者，"她说。

"一个带着奇怪工具的外国人，"卫兵嘀咕道。"你得跟我们走一趟，接受审问。"

还没等艾米丽提出抗议，卫兵就抓住了她，开始把她拖走。在远处观看的其他宇航员很快意识到，他们必须制定一个计划。

"他们逮捕了她。我们必须把艾米丽救回来，"克劳斯急切地说。"我们不能把她留在他们手里。"

"我用等离子权杖，"克劳斯说着，把它调整到眩晕模式。"我们可以在不伤害守卫的情况下干掉他们。"

"或者我用医疗棒，确保没人受重伤。"克劳斯补充道。

哈里斯指挥官摇了摇头。"不，以后再说。我们走吧。我们不能呆在这里。"

经过一番惊心动魄的追逐，剩下的宇航员们在一条僻静的小巷里会合了。

"我们必须回去找艾米丽，"克劳斯说，声音急切。哈里斯指挥官点了点头。"我们会把她救回来的。但我们需要一个计划。索菲，你能查出他们要把她带到哪里去吗？"

苏菲现在能看见了，她点了点头。"我会跟着他们。十分钟后在市场边缘的大雕像附近见。"

队员们再次分头行动，决心营救他们的朋友。

索菲带着消息回来了。"他们要把艾米丽带到城里的监狱。那里戒备森严，但我们可以出其不意。"

"很好，"哈里斯指挥官说。"克劳斯，你和我去对付守卫。伊万，你负责声东击西。苏菲想办法打开牢房的锁。"

小组迅速行动起来，他们的行动协调而准确。市场追逐战虽然混乱，但也暴露了他们的优势。他们已经准备好面对接下来的一切。

监禁

看守把艾米莉带到雅典市中心一间狭小阴暗的牢房。石墙阴冷潮湿，空气中弥漫着霉菌和腐烂的气味。唯一的光线来自高处的一扇铁窗，在房间里投下阴森的阴影。当她被扔进牢房时，艾米丽一个踉跄，重重地摔在粗糙的石板地上。沉重的门在她身后 "哐当"一声关上了。她用力爬起来，双手和膝盖疼痛难忍。

几个小时过去了，每一刻都是永恒。繁华都市的声音被压制住了，取而代之的是偶尔远处传来的其他囚犯的哭喊声和老鼠的窜动声。艾米莉的大脑飞速运转，充满了对朋友和任务的恐惧和担忧。

战略撤退：防御圣殿

太阳低垂在地平线上，给雅典古城投下了长长的阴影，宇航员们在火神赫菲斯托斯神庙的神圣殿堂里寻求庇护。他们希望神庙的神圣能保护他们不受追兵的伤害。

当黄昏笼罩雅典时，第一波狂热者来到了神庙。他们手持长矛和盾牌，冲锋在前，呐喊声在夜色中回荡。

宇航员们坚守阵地，意志坚定。哈里斯指挥官和克劳斯瞄准目标，从等离子权杖中释放出阵阵能量，眩晕了袭击者，并将他们击退。

当狂热分子重新集结准备再次发动攻击时，伊万爬上了寺庙外墙的古老石块，寻找更高的位置。在屋顶的有利位置，他观察着周围的地形，伊万试图找出攻击者的潜在弱点。

当下一次攻击开始时，宇航员们做好了准备。他们协同作战，击退了攻击者，并利用手中的各种工具来维持防御。索菲和伊万熟练地使用隐形手镯，迷惑并伏击了狂热者，使战局向有利于他们的方向发展。

当最后一批狂热者败下阵来，士气低落地退回黑暗中时，宇航员们集体松了一口气。虽然经历了这场磨难，他们已经疲惫不堪，但他们知道，凭借团结和敏捷的思维，他们已经取得了胜利。

"在这个时代，我们可能是陌生人，"哈里斯指挥官说，他的目光扫过他的战友们，"但只要我们团结一致，就能克服任何挑战。"

带着新发现的决心，宇航员们准备面对未来的任何考验，因为他们知道，他们的纽带将帮助他们渡过难关。

审讯

牢房的门吱呀一声打开了，一群卫兵走了进来，后面跟着一个身穿长袍、面容严厉的人。他冷峻的目光注视着艾米丽。

"你是谁，来自哪里？"他问道。

艾米莉深吸了一口气。"我是一个来自遥远国度的旅行者，"她重复道，声音平稳。"我没有恶意。"

审讯者的表情变得严肃起来。"他说："谎言救不了你。他向卫兵们做了个手势，卫兵们带着残忍的笑容走上前来。

他们抓住她，用皮带把她拖到一张木椅上。艾米丽挣扎着，但他们的力气太大了。他们把她绑了起来，皮条咬住了她的手腕和脚踝。

审讯官走过来，手里拿着鞭子。"我们有办法让人开口，"他说，声音令人不寒而栗。他举起鞭子，"啪"的一声抽在艾米丽的背上，令人作呕。

艾米丽痛得大叫起来，她的身体顶着束缚弓了起来。鞭子一次又一次地抽打着她，每一下都让她痛苦万分。她咬紧嘴唇，拒绝让他们听到她的尖叫。

"告诉我们真相，"审讯者要求道。"你是谁，为什么在这里？"

艾米莉泪流满面，但仍保持沉默。她的心中充满了痛苦和恐惧，但她仍抱着希望，希望她的朋友会来救她。

营救与团聚

队员们挤在一起，计划着营救行动。

"我们需要使用隐形手镯来躲过守卫，"苏菲建议道。"它可以让我们隐形，但我们需要小心，不要引起注意。"

"我们可以用等离子权杖的眩晕模式让守卫悄无声息地失去行动能力，"克劳斯补充道。"如果可以避免，我们不想杀人。"

"还有医疗棒，"伊万举起医疗棒说。"如果艾米莉受伤了，它可以治愈她。"

哈里斯指挥官制定了他们的行动方案。"克劳斯和我将使用隐形手镯进入内部，找到艾米丽。索菲和伊万，你们在监狱外分散他们的注意力把守卫引开。"夜幕降临，大家各就各位。索菲和伊万在监狱入口附近设伏，准备声东击西。与此同时，哈里斯指挥官和克劳斯启动了隐形手镯，他们的身形闪闪发光，然后完全消失。

索菲向伊万点了点头。"准备好了吗？"

"准备好了。"伊万握紧等离子权杖回答道。

索菲在一个商人的手推车旁点燃了一把小火，迅速扇动火焰，直到引起附近守卫的注意。"着火了！救命，着火了！"她大喊着，引起了一阵骚动。

卫兵们冲到现场，一边试图扑灭火焰，一边大声命令。混乱中，伊万用等离子权杖悄无声息地击昏了几名守卫，确保他们不会很快返回监狱。

哈里斯指挥官和克劳斯使用隐形手镯悄悄地穿过大门，悄无声息地穿过监狱走廊。他们很快就找到了艾米丽的牢房--

她被捆绑着，脸色苍白但神情坚定。哈里斯指挥官用等离子权杖解除了牢房的门锁。

随着审讯的继续，门突然打开了。守卫转过身来，却被处于眩晕模式的等离子权杖的爆炸击倒。哈里斯指挥官和克劳斯冲了进去，解除了剩余守卫的武装。

克劳斯解除了隐形装置，暴露了他们的存在。"艾米丽，我们来了。"

艾米丽抬起头，眼中充满了欣慰。"谢天谢地。我不知道自己还能坚持多久。"

克劳斯冲到艾米丽身边，迅速为她松绑，并用医疗棒为她疗伤。疼痛减轻了，取而代之的是一阵舒缓的温暖。"艾米丽，你还好吗？克劳斯问道，眼神中充满了关切。

艾米丽声音嘶哑，点了点头。"我没事。我们离开这里吧。"

"我们现在就得走。"哈里斯指挥官催促道。

他们重新启动了隐形手镯，这次他们三人都隐形了，悄悄地穿过监狱。外面的骚乱吸引走了大部分守卫，使他们更容易逃脱。

当他们逃过雅典的街道时，艾米莉靠在克劳斯身上寻求支持，她的身体还在因为刚才的折磨而颤抖。现在，她已经两次感受到克劳斯对她原始本能的保护。

她第一次体验到这种感觉，是在玛丽亚金字塔的密室中，作为第一件神器，她被等离子权杖击昏，被克劳斯抱在怀里。很快还会有第三次吗？或者正如克劳斯最初在讲授火山和撞击坑时引用的俗语："三次都是迷人的！"

"你又来了，艾米丽，你已经无可救药地坠入爱河了"，艾米丽自言自语道
。

在外面，大家重新聚在一起，夜色依然漆黑，远处充斥着混乱的声音。他
们迅速离开监狱，向城郊走去。

"我们成功了，"伊万说，脸上洋溢着笑容。

艾米丽仍然有些动摇，但还是微笑着回答道："多亏了你们大家。没有你们的帮助，我不可能成功。"

寻找苏格拉底

艾米丽安全地回到了队伍中，他们迅速穿过城市，避开巡逻队，混在人群中。最终，他们来到了亚高拉（Agora）的郊区，发现那里有一小撮人在听一个人讲话。

"他在那儿，"伊万指着一个穿着简单长袍的人说。"索克拉-特斯。"

一行人小心翼翼地走近，不想打扰他们的聚会。当他们走近时，他们听到了苏格拉底低沉而嘹亮的声音，他提出了一些探究性的问题，并与听众进行了哲学辩论。

"苏格拉底，"哈里斯指挥官喊道，引起了哲学家的注意。

苏格拉底转过身来面对他们，眼睛里闪烁着好奇的光芒。"啊，又是旅行者！什么风把你们吹到雅典来了，你们为什么要找我？"

"我们来自遥远的时空，"艾米莉说，向前走去。"我们寻求您的智慧。"

苏格拉底研究了他们一会儿，然后笑了。"你们说智慧？这是一种稀有而珍贵的东西。来吧，和我坐在一起，让我们谈谈。"

宇航员们和苏格拉底坐在一起，分享他们的经历和旅行的目的。苏格拉底认真倾听，不时提出问题，挑战他们的假设，让他们更深入地思考自己的使命。

哲学碰撞

讨论开始

宇航员们坐在石凳上。苏格拉底看着他们每个人，眼中充满了好奇和温暖。"你们为什么来找我，陌生人？你们在寻找什么？"

哈里斯指挥官开始发言："我们希望了解正义的真谛、美德的意义以及人类灵魂的本质。您的教诲激励了一代又一代人，我们希望能深入了解这些永恒的问题。"

苏格拉底点点头："确实是明智的探索。让我们一起踏上智慧的探索之旅吧。但首先，让我们承认自己知识的局限性。因为真正的智慧始于承认自己的无知。"

伊凡插话道："我们如何将对美德的追求与复杂的人性相协调？在一个充满道德模糊性的世界里，有可能实现真正的善吗？"

苏格拉底爽快地回答："这是一个深刻的问题，我的朋友。我认为，美德不在于不犯错，而在于有意识地追求卓越。这是一个自我发现的旅程，以理性为指导，以谦逊为节制。

现在，艾米莉提出了她的问题："苏格拉底，在信息泛滥的世界里，我们该如何培养智慧？在技术和逻辑进步的时代，我们如何辨别真假？

苏格拉底会心一笑："追求智慧需要纪律和辨别力。我们必须学会质疑自己的假设，挑战自己的信念，以开放的心态寻求知识。因为只有通过严格的探究，我们才有希望揭开无知面纱之外的真相"。

克劳斯受古典教育的熏陶，更加深入地探讨了复杂的哲学问题："苏格拉

底，我们如何驾驭复杂的人际关系？在这个被纷争和分裂撕裂的世界上，我们该如何培养友谊、增进善意？

苏格拉底对克劳斯的问题感到非常高兴："友谊，我年轻的朋友，是一种神圣的纽带--
一种以相互尊重、信任和善意为纽带的灵魂的结合。正是通过真正的人际交往，我们才能在困难时找到慰藉，在欢庆时找到喜悦，在共同的生命体验中找到意义"。

生命的意义

哈里斯指挥官开口了，他的声音很平稳。"我们试图理解生命的意义。我们如何在一个似乎对我们的存在漠不关心的宇宙中找到意义？我们穿越时空，走遍大江南北，寻找答案。"

苏格拉底笑了。"啊，生命的意义，我亲爱的朋友，这个问题和时间一样古老。这个问题困惑了哲学家几千年。有人认为生命的意义在于追求快乐，有人认为生命的意义在于追求知识。但我认为，真正的意义在于追求美德、自知和智慧。告诉我，迄今为止，你在旅途中学到了什么？"

索菲向前倾了倾身子。"我们懂得了生命的珍贵和脆弱。我们目睹了文明的兴衰，见证了伟大的仁慈和可怕的残忍。但我们仍然没有完全理解我们存在的意义。"

苏格拉底点了点头。"人生的目的并不容易定义。它是由我们的经历、行动和信念编织而成的织锦。每一根线，每一刻，都对整体有所贡献。"

团队的科学官克劳斯凑了过来。"但在这个充满不确定性和冲突的世界里，我们该如何找到这条美德与智慧之路呢？"

苏格拉底温和地笑了笑。"不确定性和冲突是人类经验的一部分。它们挑战我们，考验我们的决心，帮助我们成长。关键是要忠于自我，质疑假设，在万事万物中寻求真理。参与对话，向他人学习，努力成为最好的自己"。

伊万问道："但是，苏格拉底，在我们这个时代，我们面临的挑战似乎难以克服。我们该如何运用您的教诲来克服这些挑战呢？

苏格拉底点点头，明白了问题的严重性。"专注于你能控制的事情。你的思想、行动和选择。以身作则，用你的正直和智慧激励他人。请记住，每一次伟大的变革往往始于一步，始于一个愿意质疑并追求更好的人。

哈里斯指挥官环视了一下他的团队，然后又看了看苏格拉底。"谢谢你，苏格拉底。你的话给了我们力量和清晰的思路。我们将带着你的智慧继续前行。"

苏格拉底把手放在哈里斯指挥官的肩膀上。"请记住，真正的智慧来自于了解自己，了解自己所知甚少。不断质疑，不断探索，你就会找到自己的路。"他看着大家："愿你们找到自己要找的东西，旅行者们。不要忘记，未经审视的人生是不值得过的。

谈话结束后，宇航员们感到了深深的平静和使命感。他们知道自己的旅程远未结束，但有了苏格拉底的智慧指引，他们觉得自己已经准备好迎接未来的任何挑战。

他们怀着感激之情向这位伟大的哲学家告别，并承诺将把他的教诲带到未来。当他们启动装置，从雅典古城消失时，他们感受到了新的使命感，对生命的意义有了更深刻的理解。

第26章 长寿舱

火星金字塔静静地矗立在稀薄的火星大气层下，棱角分明的侧面反射着来自遥远太阳的微弱光芒，显得格外巍峨。在经历了穿越时空和历史的各种探索之后，宇航员们感到自己有责任继续揭开金字塔的秘密。当剩下的五名宇航员继续对火星金字塔进行探索时，他们的发现越来越令人震惊。每一个新的密室都揭开了遗迹和文物的面纱，为阿卡拉文明的先进知识和能力描绘了一幅更加丰富的图画。每一次发现都让他们更接近理解，他们确信墙内还隐藏着更多的秘密。他们的探索把他们引向了金字塔的更深处，引向了一个将挑战他们对生命和死亡的理解的密室。

艾米莉是第一个注意到昏暗走廊尽头一扇暗门上奇特铭文的人。这些符号与他们之前见过的任何符号都不一样，更加复杂和精致，暗示着后面还有一个重要的密室。

"大家快看，"艾米莉喊道，用手指在雕刻上划来划去。

伊万仔细观察着这些符号。"这些不一样。它们似乎描绘了某种先进的技术。"

利用威留下的便携式翻译设备，他们解读了这些碑文。
"它们提到了'更新'和'保存'。这可能与延年益寿或长生不老有关，"艾米丽说。

队员们既兴奋又谨慎，齐心协力打开了门，展现在眼前的是一个巨大的密室，里面弥漫着柔和的环境光。房间中央矗立着一个华丽的大吊舱，与他们迄今为止遇到的任何东西都不一样。

它由光滑的金属材料制成，上面刻着同样复杂的符号。它的设计非常优雅，散发着智慧的光环。吊舱周围环绕着各种面板和控制台，表面刻着不知名但迷人的字形。

"这可能是一个重大突破。如果铭文是正确的，这可能是一个长寿再生舱或冬眠舱。"哈里斯指挥官推测道。

索菲检查了面板。"真是非同寻常。这里的技术似乎比我们领先好几光年。阿卡拉人真正掌握了生命科学。"

克劳斯点了点头。"我们需要了解它是如何工作的。这可以让我们了解他们的生物进步。"

他们找到了一把锁，似乎与他们从天体委员会重新获得的宇宙之钥相吻合。哈里斯指挥官将钥匙插入锁孔后，吊舱在一阵轰鸣声中打开了。

怀着既兴奋又惶恐的心情，队员们决定启动吊舱。艾米莉小心翼翼地操纵着控制装置，她在工程方面的经验证明是非常宝贵的。吊舱嗡嗡地启动了，表面发出柔和的脉冲光。

"艾米丽解释说："根据符号显示，吊舱的设计目的是诱发冬眠状态，促进细胞再生。

哈里斯指挥官是船员中最年长的成员，他主动要求测试吊舱。"如果这东西能起作用，它可能会改变长期太空旅行甚至地球生命延续的游戏规则。

我来吧 如果出了差错，艾米丽将作为第一指挥官负责指挥。
伊万，你是副指挥官，全力支持艾米丽。我相信，你们俩都会带领这次任务取得成功。"

艾米丽和伊万一致点头表示同意。

克劳斯鼓励哈里斯指挥官说："好吧，去吧！你绝对当之无愧。最后我一定会羡慕你的！"

团队为哈里斯指挥官做了手术前的准备，监测他的生命体征，确保所有安全协议都落实到位。当他躺在吊舱里时，舱盖随着一声轻微的嘶嘶声合上，将他包裹在一个光茧中。

在舱内，哈里斯指挥官感到一股温暖和宁静的气息扑面而来。吊舱内部的设计非常舒适，柔软、几乎可以透气的材料与他的身体完美贴合。他能感觉到一种轻柔的脉动，就像心跳一样，在舱内共鸣，与他的心跳同步。

在舱外，队员们监视着面板上的读数。字形显示，吊舱运行正常，启动了纤维化和再生过程。

伊万仔细观察着。"他的生命体征稳定。吊舱系统正在与他的细胞结构结合。这很了不起。"

几个小时里，研究小组一直在观察吊舱发挥它的魔力。读数显示新陈代谢活动明显减少，与深度冬眠状态一致。与此同时，再生序列显示出细胞修复和恢复能力增强的迹象。

在设定的持续时间后，吊舱的循环完成，舱盖缓缓打开。哈里斯指挥官走了出来，看上去明显神清气爽、精神焕发。他的船员们急忙跑到他身边，迫不及待地想听听他的经历。

"你感觉怎么样，指挥官？伊万问道，并用医疗设备对他进行了扫描。

哈里斯指挥官沉默不语，显得无动于衷。伊万再次转向指挥官，轻轻地摇了摇他。

由于没有显示出任何效果，他又转向他，用力摇晃他，并不停地说："指挥官？- 指挥官？- 约翰？

仍然没有任何反应。船员们担心他们的指挥官仍然感觉麻木，而他却躺在那里。

伊万对自己的读数深信不疑，他对其他人说："在手术过程中，长时间麻醉后有时会出现这种情况。这是一种宿醉。对于苯二氮卓类药物等镇静剂，有氟马西尼等解毒剂，但我这里只有粗暴的方法"。

然后，伊万又转回到指挥官身边，试图再次摇晃他，但这次他是用拳头在指挥官的胸骨上摩擦，以造成疼痛。

突然，指挥官睁开眼睛说："哎哟！"

"欢迎回到火星！"，伊万微笑着说。

过了一小会儿，哈里斯指挥官也笑了，眼中流露出惊讶的神色。"难以置信。我感觉自己度过了一生中最美好的时光。有一种返老还童的感觉，好像我的身体从内部得到了修复。"

伊万检查了医疗读数。"你的生命体征比以前更好了。"就好像你经历了一次细胞重置"

克劳斯检查了吊舱
"阿卡拉人的技术超乎我们的想象。这个装置可以彻底改变医学"

长寿再生舱的发现 为宇航员们带来了新的机遇。

他们意识到，阿卡拉人对生命和长寿的掌控远比他们预想的要先进。

索菲总结了他们的想法。"我们需要记录下这项技术的每一个细节。如果我们能了解它的工作原理，就能在我们的科学领域取得突破。"

哈里斯指挥官点了点头。"不过，我们应该谨慎行事。我们需要确保充分了解其影响和潜在的副作用。但这……这是来自阿卡拉的礼物。一个挑战人类能力极限的机会。"

随着研究小组继续探索 他们知道从阿卡拉人那里获得的知识仅仅是个开始古老火星文明的秘密有可能改变人类的未来，为人类的长寿、太空旅行以及对生命本身的理解提供新的视野。

宇航员们重新下定决心，继续前进，准备揭开阿卡拉人更多的神秘面纱，与世人分享他们的发现。现在，阿卡拉文明的遗产已经与他们自己的文明交织在一起，证明了探索和求知的精神经久不衰。

第 27 章：歧路

火星黎明的曙光透过金字塔的入口，投射出淡淡的、空灵的光芒，给密室的墙壁涂上了柔和的橙色和红色。门户的发现给宇航员们带来了一个深刻的选择：是带着收集到的知识返回地球，走一条不需要几个月太空飞行的捷径，还是留下来探寻更多关于阿卡拉文明的信息。当小组成员聚集在一起讨论下一步行动时，空气中弥漫着难以言表的紧张气氛。

裂缝出现

队员们聚集在中央大厅，对天体委员会的全息图像记忆犹新。另一端是威已经通过的通道。

哈里斯指挥官看着他的团队，声音沉稳，但眼神中透露出他们决定的分量。"我们已经走了很长的路，我们已经发现了令人难以置信的知识。星门是我们返回地球的必经之路。但我需要知道你们每个人的立场。"

索菲瞥了伊万一眼，表情有些矛盾。她深吸一口气，坚定地向前走去。"我已经做出了决定。我要留下来。"

房间里一片寂静。伊万看着索菲，眼神中既有惊讶，也有担忧。"索菲，你在说什么？我们需要回去分享我们的发现。"

索菲摇了摇头。"我们只是触及了阿卡拉人知识的表面。这里还有很多东西等着我们去发现，我不能在没有完全了解之前就离开。这是一生难得的机会。"

伊凡的困境

伊万感到一阵痛苦。在火星上的日子里，他和索菲的关系越来越亲密，他们的共同经历建立起了超越任务的纽带。她留下的决定让他心痛不已，但他理解她对探索的热情。

伊万一脸担忧地看着索菲："索菲，如果你留下来，我们会怎么样？我们共同建立的一切怎么办？

索菲的眼神变得柔和了，但她的决心依旧。"伊万，我不能让这个机会溜走。阿卡拉人的秘密可能会改变我们对宇宙的一切认知，改变我们在宇宙中的位置。我需要留下来学习。"

伊凡看了看大门，又看了看苏菲。他握住她的手，声音里充满了爱和不舍。"那我就留下来陪你。我不能把你一个人留在这里。"

索菲捏着他的手，眼里闪烁着感激的光芒。"谢谢你，伊万。我们可以一起找出阿卡拉人的其他秘密。"

团队的其他成员交换了一下眼神，了解索菲和伊凡决定的严重性。艾米丽站了出来，她的表情是理解和尊重。

艾米莉坚定地看了苏菲一眼，随后转向伊凡："我们尊重你的决定，苏菲。伊万，你的忠诚令人钦佩。

哈里斯指挥官点了点头。"我们需要从大局出发。我们在这里学到的东西非常宝贵。但如果你认为你的位置在这里，我们就不能强迫你回去。

克劳斯一脸和气地说道：
"艾米丽和我会确保我们掌握的信息安全到达地球。但如果你们发现了更多的信息，请想办法传达给我们。"

准备出发

接下来的几个小时里，队员们都在为分离做准备。
索菲和伊万收集物资和设备，确保他们拥有继续探索金字塔所需的一切。
其他人则准备好收集到的数据，为返回地球的旅程做好准备。

艾米莉走近索菲，眼神中充满了敬佩和关切。"你很勇敢，索菲。我希望你能找到你要找的东西。"

索菲微笑着，感激地看着她。"谢谢你，艾米莉。希望我们能再次相遇。"

最后的告别

随着离别时刻的临近，队员们最后一次聚集在大门前。闪闪发光的拱门在他们身后若隐若现，象征着分离和希望。

哈里斯指挥官："索菲、伊万，你们都是了不起的队友。祝你们一切顺利。"

伊万点点头，紧紧握住索菲的手。"我们将在这里继续执行任务。我们会保持联系的。"

艾米丽走上前来，声音中充满了感情。"互相照顾。记住，你们并不孤单。无论身在何处，我们都是这项任务的一部分。"

在最后的拥抱和握手中，队员们依依惜别。索菲和伊万目送着他们的朋友们跨过大门，闪烁的光芒笼罩着他们，然后他们从视线中消失了。

现在，只有三名宇航员的船员返回了地球。

不过，多亏了宇宙钥匙，哈里斯指挥官、艾米丽和克劳斯才免于绕道，通过了威必须事先通过的几个舱室的哨兵测试。

气氛有点诡异。在门道的另一端，火星金字塔中出现了地球上埃及金字塔的形状。

不久之后，他们三人发现自己来到了埃及沙漠，在那里受到了威和一队科学家、医生和安保人员的热烈欢迎。

哈里斯指挥官走了出来，当熟悉的地球引力占据他的身体时，他的身体在颤抖。从火星到地球的转变让他迷失方向，各种感觉涌上心头。他发现自己站在旅程开始的土地上，周围是一队科学家和官员，他们急切地向他和其他人汇报情况。

首席科学家："欢迎回来，哈里斯指挥官。你们的旅程很成功。我们已经收到了你的所有初步数据。你感觉怎么样？"

哈里斯指挥官回答说："有点不知所措，但如释重负。有很多东西可以分享。"

尽管在火星上消耗了大量的体力，但由于火星上的重力比地球上减少了近1/3，心血管性能必须小心地适应地球上的条件，因此现在需要进行为期数周的康复计划。不过，通过 "通道

"的捷径，他们免去了几个月的太空飞行，因此在身体和精神上都受益匪浅。

随后的几天（不再是索尔）是一阵旋风般的活动。宇航员们在汇报会上花费了无数个小时，分享他们对阿卡拉文明的发现、他们所面临的考验以及他们所发现的令人难以置信的遗产。他们的贡献弥足珍贵，重新激发了人们对太空探索和人类殖民火星的兴趣。

新的开始

索菲和伊万站在安静的舱室里，他们的决定让他们如释重负。在这个陌生的世界上，他们是孤独的，但他们在一起，被一个共同的目标所驱使。

索菲看着伊凡，眼神中充满了坚定。"我们还有很多工作要做。阿卡拉人的秘密不会自己揭开的。"

伊万点了点头，一种平静和决心充斥着他的内心。"让我们开始吧。我们有一个文明要去探索。"

他们手牵着手，离开入口，向金字塔深处进发，准备迎接前方的任何挑战。他们的旅程出现了意想不到的转折，但他们已经准备好一起揭开阿卡拉人的神秘面纱，将他们的遗产发扬光大。

后记：火星和地球的新曙光

火星的太阳从地平线上缓缓升起，在广袤的岩石地貌上投下温暖的琥珀色光芒。古老的金字塔静静地矗立在那里，光滑的红石上蕴含着阿卡拉文明的智慧和秘密。在金字塔内，索菲和伊万的生活有了新的意义，他们选择留下来，深入探索火星的奥秘。

索菲和伊万的新篇章

团队离开后的几个月过去了，只剩下索菲和伊万继续他们的探索。他们发现的知识和建立的纽带让他们形影不离。每天都有新的发现，每天晚上，他们都凝望着星空，梦想着在这个外星世界上共同建设的未来。

索菲轻轻地抱着她刚出生的孩子，这是在火星上出生的第一个人类。孩子是希望的象征，是连接两个世界的桥梁，给他们的生活带来了前所未有的使命感和快乐。

索菲高兴地转向伊万："看，伊万。我们的小宝贝太完美了。第一个在火星出生的人类。伊万微笑着，眼神中充满了爱和自豪。"我们的遗产，索菲。地球和火星之间纽带的象征。"

火星上的生活

火星生活充满挑战，但索菲和伊万以坚定不移的决心面对这些挑战。他们利用队友留下的技术和资源，在金字塔内建立了一个小而实用的栖息地。太阳能电池板提供电力，水培花园供应新鲜食物。

他们还继续进行研究，发现了更多关于阿卡拉人的信息，以及他们对宇宙的先进理解。金字塔的墙壁似乎与他们的存在产生了共鸣，就好像古老文明本身在欢迎和引导他们一样。

索菲："阿卡拉人的遗产越来越清晰。他们对宇宙能量的了解，对生命和永生的理解，都超出了我们的想象。"

伊凡："我们的孩子将带着这份遗产成长，索菲。我们正在开创人类历史的新篇章。"

地球上的生活

在地球上，哈里斯指挥官、艾米丽和克劳斯的回归以及他们与威的重逢引发了一场科学思想和研究的革命。他们分享了自己的研究成果，激发了人们对太空探索和人类殖民火星潜力的新一轮兴趣。

威的命运

知识的重量

尽管获得了专业荣誉，他们的发现也令人兴奋，但威小安感到内心空虚。

她与其他宇航员在火星上结下的情谊在她心中留下了不可磨灭的印记，她深深地怀念他们。

她回到了北京的公寓，这座城市充满了生活的气息，与任务控制中心象牙塔的无菌环境和火星的寂静广袤形成了鲜明的对比。她的公寓让她感到既舒适又陌生，让她想起了她已经离开的生活。

与家人团聚

威做的第一件事就是与家人团聚。她的父母一直在焦急地等待她的归来，当他们终于拥抱她时，他们的欣慰溢于言表。

威的母亲："威，我们很担心你。你一直都很勇敢。

威爸爸："你做了了不起的事，威"。

威回答道："我非常想念你们俩。火星真是不可思议，但回家的感觉真好。

他们花了几个小时聊天，小玮分享了她的经历，她的父母则怀着敬畏的心情听着。他们为她的成就感到骄傲，但也担心这次任务对她造成的伤害。

当威小安重新适应地球上的生活时，她努力在职业责任和个人需求之间寻找平衡。科学界对来自火星的研究成果趋之若鹜，不断要求她接受采访、举办讲座和会议。但是，在一片混乱中，威渴望平静和安宁。她与老朋友重新建立了联系，在熟悉的面孔和日常生活的简单乐趣中寻求慰藉。

一位同学跟她说："你就像到了另一个世界，威。你要怎么形容它呢？

威回答说："很难用言语形容。它很美丽，也很艰难，但我很高兴能回来"。

在新的现实生活中，威发现自己被一个意想不到的人吸引住了--迈克尔-陈博士，他是分析火星数据小组的科学家同事。迈克尔和蔼可亲，聪明伶俐，和她一样热衷于探索。

他们花了很长时间讨论他们的工作、梦想和经历。迈克尔被威的火星故事深深吸引，她从他的理解和支持中找到了安慰。

迈克尔娇媚地对她说："你经历了这么多，威。我很钦佩你的坚强。

威微笑着回答："谢谢你，迈克尔。这一路走来，我觉得我终于找到了自己的位置。

他们的友谊开花结果，威感受到了新的幸福和成就感。迈克尔帮助她看到了现在的美好，他们一起憧憬未来。

继续前进

在迈克尔的陪伴下，威开始向前看，而不是沉湎于过去。他们谈到了未来的任务、重返火星的可能性，甚至有一天组建家庭的可能性。

威向迈克尔解释说："火星将永远是我的一部分，但我对未来的一切感到兴奋。迈克尔补充说："无论未来发生什么，我们都将共同面对。

新的曙光

威继续不懈努力，分享阿卡拉文明的遗产。她撰写论文、举办讲座，并与

世界各地的科学家合作，进一步了解和传播他们所发现的知识。她的努力不仅是为了科学发现，也是为了弥合世界之间的鸿沟--
地球与火星之间、过去与未来之间的鸿沟。

随着岁月的流逝，威找到了一种平衡与安宁。她和迈克尔建立了以爱和相互尊重为基础的共同生活。他们继续他们的工作，因为他们知道他们是比自己更伟大的东西的一部分。

一天傍晚，北京的夕阳西下，威站在阳台上仰望夜空。繁星闪烁，她感受到了与宇宙的深层联系。

威对 Michael 说："我们才刚刚开始探索。外面还有很多东西。"

迈克尔加入了她的行列，用双臂环抱着她。"我们会一起探索的，威"

威微笑着转向他，感到一种满足和希望。他们都在这个世界上找到了自己的位置，阿卡拉人的遗产将继续激励着他们和后代。

当他们站在一起凝望星空时，威知道她的旅程还远远没有结束。可能性是无穷无尽的，她已经准备好与心爱的男人携手面对接下来的一切。

哈里斯指挥官

作为鳏夫返回地球

哈里斯指挥官回到地球后，完成了简报并接受了表彰，他回到了德克萨斯州休斯顿的家中。

他深感孤独。在执行火星任务的一年前，他在一次交通事故中失去了妻子瑞秋。房子里充满了对瑞秋的回忆--

她的笑声、她的温暖以及他们共同建立的生活。他在房间里漫步，抚摸着他们共同生活的纪念品，既感到欣慰，又感到心碎。她的离去是一种持续的伤痛，是火星的奇迹也无法填补的空白。

哈里斯指挥官对纪念照说："瑞秋，我希望你能看到火星。这是我们梦寐以求的一切，甚至更多"。

朋友和同事的支持

哈里斯指挥官的好友和同事们团结在他周围，为他提供支持和陪伴。他最好的朋友马克-汤普森从空军时代起就是他的知己，一直陪伴着他。

马克说："你能回来真好，约翰。我们都很想你。你还好吗？"

哈里斯指挥官说："很艰难，马克。回到空荡荡的房子里......比我想象的还要艰难。

马克点点头，理解约翰悲痛的分量。"我们在你身边，兄弟。任何时候你都需要我们。"

哈里斯指挥官全身心地投入到工作中，接受了航天局的一个高级职位，担任火星研究与勘探主任。他在火星上的经验使他成为宝贵的财富，他决心确保这项任务的遗产得以延续。

他花了很长时间在实验室和会议上，为未来的火星任务制定新的战略，并指导年轻的宇航员。这项工作给了他成就感，也是他处理悲伤的一种方式。

莎拉-

米切尔博士是他的学员之一，她钦佩他的奉献精神，经常向他寻求指导。

莎拉称赞他说："哈里斯指挥官，你的见解非常宝贵。你启发了我们所有人"。

哈里斯指挥官有些不好意思地回答："谢谢你，莎拉。不断突破我们所知的界限非常重要。这也是瑞秋一直坚信的。"

一次偶遇

一天晚上，约翰在参加一个为宇航员家属举办的慈善活动时，遇到了劳拉-

贝内特博士，她是一位心理学家，专门帮助宇航员及其家属应对太空旅行中的心理挑战。劳拉-

贝内特与伴侣分居两地，是有两个孩子的单身母亲。她听说了哈里斯指挥官失联的消息，带着温暖的微笑向他走来。

劳拉-班尼特向指挥官介绍自己："哈里斯指挥官，我是劳拉-

班尼特。我读过您的任务。很荣幸见到您。"

哈里斯指挥官："这是我的荣幸，班尼特博士。请叫我约翰。"

他们的谈话轻松流畅，哈里斯指挥官发现自己向劳拉-
贝内特敞开了心扉，这是他在瑞秋死后从未对任何人敞开过的。劳拉-
贝内特的同情和理解给了他一种久违的安慰。

随着夜幕降临，他们在平静的爵士乐背景下尽情地跳起舞来。他们享受着
共处的时光，哈里斯指挥官的孤独似乎也暂时被遗忘了。

友谊之花盛开

在接下来的几个月里，约翰和劳拉建立了深厚的友谊。他们经常一起喝咖啡，讨论工作、生活以及对太空探索的共同热情。劳拉的存在成了约翰的慰藉和疗伤的源泉。

有一天，劳拉对约翰说："你经历了这么多，约翰。让自己悲伤一下没关系。"

约翰点头回答道"谢谢你，劳拉。你的支持对我的意义无以言表。"

随着他们之间的联系越来越紧密，约翰开始感受到希望和幸福的萌芽。他意识到，虽然瑞秋的记忆将永远是他的一部分，但他不必独自面对未来。

在劳拉的鼓励下，约翰开始拥抱工作以外的生活。他们一起参加社交活动，一起去远足，一起在宁静的夜晚观赏星空--
这些活动重新唤起了约翰的好奇心和快乐感。

一天傍晚，当他们坐在山上俯瞰这座城市时，劳拉转向约翰，露出了温柔的微笑。

劳拉直接对约翰说："约翰，我知道你永远爱蕾切尔。她是个了不起的人。但我想让你知道，无论将来如何，我都会支持你。约翰感激地回答她："谢谢你，劳拉。我一直不敢向前迈进，但你让我知道这是可能的。我每天都很感激你"。

约翰在航天局的工作依然出色，但现在他有了新的目标感。他和劳拉越走越近，他们的关系从友谊发展到了更深层次。有劳拉在身边，约翰觉得自己已经准备好迎接未来的任何挑战和冒险。

他们的关系不断发展，约翰发现自己憧憬着一个充满新可能性的未来。他和劳拉谈论了他们的梦想，包括个人梦想和职业梦想，以及如何相互支持实现这些梦想。

阿卡拉人的遗产

约翰一直致力于传承阿卡拉文明。他撰写了大量关于他们的发现的文章，举办公开讲座，并不懈地激励后代探险家。

约翰演讲摘录："阿卡拉人告诉我们，宇宙浩瀚无垠，充满奇迹。我们的火星之旅只是一个开始。我们必须继续探索，继续学习，继续挑战人类知识的极限"。随着岁月的流逝，约翰和劳拉的感情日益深厚。他们共同面对生活中的挑战，感情与日俱增。劳拉的孩子乔丹和米娅将约翰视为家庭的一员，在他们建立的新生活中找到了快乐。

在一个温暖的春日里，在朋友和亲人的陪伴下，约翰和劳拉站在一起，交换了誓言，承诺要开始一段充满爱、探索和发现的生活。

劳拉说："约翰，你让我看到了前进的力量和梦想的勇气。我很荣幸能和你一起走这条路"。

约翰回答道："劳拉，你让我的生活重现光明。我们将一起面对一切，充分利用每一刻。

在劳拉的支持下，约翰继续在航天局和个人生活中发挥激励和领导作用。他知道瑞秋将永远是他的一部分，但他已经找到了一个新的伴侣来分享他的旅程。当他们站在一起，看着太阳从地平线上落下时，约翰感到了一种平静和满足。他已经从那个从火星归来的孤独、悲痛的男人走了很长的路。有了劳拉、她的孩子和他的工作，他找到了新的开始。

当他凝望星空时，他知道未来充满了无限的可能，这证明了人类精神的韧性和爱的永恒力量。

克劳斯对超人主义的贡献

克劳斯对遗传学和 DNA
的兴趣不仅仅是学术上的，而是深深植根于他对超人类主义的信仰。这一哲学运动主张利用技术增强人类的身体和认知能力，突破人类的极限。从火星探险归来后，克劳斯看到了以有意义的方式为这一愿景做出贡献的机会。回到地球后，克劳斯把他最先进的实验室改造成了一个超人类研究中心。在这里，前沿科技与大胆前瞻的理念交相辉映。他的实验室现在拥有先进的基因编辑工具、精密的生物识别传感器和人工智能驱动的分析系统，所有这些都是为了探索和增强人类的能力。

确定研究目标

克劳斯制定了雄心勃勃的研究目标，这些目标与超人主义的核心理念不谋而合：

1. **增强身体复原力**：增强人类对疾病、衰老和极端环境的抵抗力。

2. **增强认知能力**：增强智力，包括记忆力、学习速度和解决问题的能力。

3. **感官增强**：将人类的感官扩展到自然极限之外，包括夜视能力和对电磁场的高度敏感性。

实验与创新

克劳斯的方法系统而严谨。他从在火星上研究的嗜极生物中汲取灵感，开始专注于增强身体复原能力。嗜极生物是适应极端环境条件的生物。他的第一个主要项目是将这些具有恢复能力的生物的基因整合到人类基因组中。

1. **基因整合：**

克劳斯从嗜极生物中分离出了特定基因，例如以对辐射和极端条件具有惊人适应力而著称的沙丁鱼和放射球菌。他利用 "基因剪刀 "CRISPR-Cas9，成功地将这些基因植入人类干细胞。

2. 细胞培养和测试：

改造后的细胞在受控环境中培养。克劳斯对它们进行了各种压力测试，包括辐射照射和极端温度波动。结果令人欣喜--
与未经改造的细胞相比，这些细胞的恢复能力显著增强。

3. 临床试验：

克劳斯随后开始对志愿者进行临床试验。这些试验经过精心设计和密切监测，以确保基因改造的安全性和有效性。志愿者们报告说，他们对常见疾病的抵抗力增强了，康复时间也更快了。

认知增强

接下来，克劳斯将注意力转向了认知增强。他探索了诺托匹克（"智能药物"）和神经交互技术在增强大脑功能方面的潜力。通过整合人工智能驱动的神经反馈系统，他的目标是在人脑和数字技术之间建立一个无缝接口。

1. 神经可塑性刺激：

克劳斯开发了刺激神经可塑性（大脑的自我重组能力）的方案。通过基因修饰和定向脑刺激相结合的方法，志愿者在学习速度和记忆保持方面有了显著改善。

2. 人工智能强化学习：

克劳斯利用人工智能算法，创建了适应每个人认知特征的个性化学习程序。这种方法不仅加快了学习速度，还有助于识别和解决认知弱点。

感官增强

克劳斯的最终目标是扩展人类的感官能力。受感官超凡的动物的启发，他致力于将这些能力整合到人类的感官系统中。

1. 夜视能力：

通过整合某些动物夜视能力增强的基因，克劳斯能够让志愿者在弱光条件下看清东西。

2. 电磁敏感性：

另一项突破是整合了能让人类探测电磁场的基因。这种能力常见于鲨鱼和某些鸟类，为导航和环境感知提供了新的可能性。

伦理考虑

在整个研究过程中，克劳斯都敏锐地意识到他的工作所带来的伦理影响。他认为，超人类主义不仅应该提高人类的能力，而且还应该是可及的、公平的。他不断与伦理学家、决策者和公众进行对话，确保自己的研究符合伦理标准，并考虑到更广泛的社会影响。

影响与遗产

克劳斯在超人类主义方面的研究引起了广泛关注和讨论。他的研究成果发表在顶尖的科学杂志上，他也成为了超人类主义社区的杰出人物。他的贡献不仅推动了基因工程领域的发展，而且使超人主义的愿景更加接近现实。

克劳斯以创新的方式增强了人类的能力，展示了科学技术推动人类潜能发展的潜力。他的遗产是大胆的实验、道德责任和对科学变革力量的坚定信念。当人类展望未来时，克劳斯的工作就像一盏明灯，照亮了通过智慧和决心可以取得的成就。

艾米莉和克劳斯之间的深厚情谊

宇航员们返回了地球，他们的任务完成了，但是他们的生活却永远地改变了。

克劳斯一直陪伴在艾米莉身边，这让艾米莉很开心。他们对揭开神秘面纱的共同爱好已经绽放出更深层次的东西--
一种在火星古老的象形文字中建立起来的联系。

克劳斯是一位务实的生物学家和化学家，他曾一度相信方程式可以解答一切问题。但艾米莉告诉他，爱是违背逻辑的。艾米丽和克劳斯在彼此身上找到了慰藉，他们在火星上的共同经历加强了他们之间的联系。他们决定结婚，在不可思议的旅程中庆祝生命和爱情。

婚礼当天，当他们站在朋友和同事面前时，艾米丽的思绪转向了索菲和伊万。"我希望他们能看到，"她低声对克劳斯说。"我希望他们知道我们有多想念他们"

克劳斯点点头，紧紧握住她的手。"他们是这一切的一部分，艾米莉。他们的选择为我们所有人铺平了道路。他们的孩子已经是一个传奇。说这话时，他调皮地朝艾米莉眨了眨眼睛。

他们举行了一个小型的婚礼，周围都是他们的宇航员同事和火星的记忆。

他们的家变成了科学仪器和舒适角落的混合体--
艾米莉分析火星土壤样本的实验室和克劳斯冲泡著名咖啡的厨房。

然后，消息传来了--
他们自己的宇宙奇迹。艾米丽举起超声波图像时，笑声充满了他们的小公寓。艾米丽怀孕了。克劳斯的眼睛睁得大大的，说话也磕磕绊绊，一想到要当爸爸了，他就不知所措。火星的回声向他们未出世的孩子低语着秘密，编织着古老文明和星际通道的故事。

随着艾米莉的肚子越来越大，他们的爱也越来越深。克劳斯给孩子讲睡前故事，讲述勇敢的宇航员和遥远星球的故事。艾米丽哼唱着她在火星上听到的旋律，宝宝也跟着蹦蹦跳跳。他们一起选了一个名字--咏叹调--
向把他们带到一起的宇宙交响乐致敬。

阿瑞雅出生时，她拥有克劳斯善于分析的头脑和艾米莉永不满足的好奇心。她的眼睛在凝视星空时同样充满了好奇。一家三口裹着毯子坐在屋顶上，指点着星座。阿瑞雅的小手指划过连接猎户座腰带的虚线，克劳斯低声说："也许那里还有其他文明，等待着我们去发现。"

艾米莉靠在他身上，头靠在他的肩膀上。"或者，"她说，"我们是更伟大的东西的回声 - 一个跨越时空的爱情故事。"

就这样，在换尿布和半夜喂奶的间隙 艾米丽和克劳斯梦想着重返火星

阿瑞雅会听着关于五面金字塔、外星石面和连接世界的大门的故事长大。

她将继承他们对探索的热情，对未知世界的热爱。阿瑞雅的笑声在家中回荡，克劳斯教她平衡方程式，艾米莉则画火星风景。他们在壁炉上方挂着一张金字塔的照片--

那是他们共同探险的纪念，也是在火星上绽放的爱的纪念。就这样，在家庭的温暖中，艾米丽和克劳斯找到了他们最伟大的发现--

他们自己的小宇宙，被爱、好奇心和另一个世界红色地平线的回声束缚着。

光明的未来

回到火星后，索菲和伊万观看了他们在地球上的朋友发来的录音信息。婚礼仪式让索菲热泪盈眶，而伊万则深深地感受到了他们与地球的联系。

索菲抽泣着说："他们太幸福了，伊万。艾米丽和克劳斯结婚了

克劳斯结婚了，他们很快也将为人父母。看看他们在继续探索的过程中得到了多少支持。

伊凡安慰索菲说："别难过。即使我们不能和周围的人一起举行婚礼，看看我们得到了什么。我们已经开始了一件了不起的事情，索菲。我们的子孙后代将会看到大家齐心协力去了解宇宙"。

火星夕阳西下，在金字塔上投下了长长的影子，索菲和伊凡相望着，他们的孩子依偎在他们中间。他们做出了一个大胆的选择--
留下来，并因此成为新领域的开拓者。

索菲坚定地说："这仅仅是个开始，伊万。我们孩子的未来是光明的，充满了发现的希望和阿卡拉人的遗产。

伊万重申了索菲的话："我们将一起继续揭开火星及其他地方的秘密。我们的旅程还远远没有结束。

给后代的信息

在给地球的最后致辞中，索菲和伊万表达了他们对未来人类探索和在火星上建设新世界的希望和梦想。

索菲首先发言："对于我们在地球上的朋友和同事，我们想让你们知道，我们在这里茁壮成长。我们的孩子健康强壮，我们正在继续我们的研究。阿卡拉人的遗产博大精深，我们将致力于揭开它的神秘面纱。

伊万最后说："我们希望我们的故事能够激励后代向着星空前进。火星只是一个开始。我们可以一起探索宇宙，揭开宇宙的秘密。

当他们的信息传回地球时，索菲和伊万望着火星的景色，对未来充满了希望和期待。他们选择留下--

为了彼此，为了他们的孩子，也为了等待他们的无限可能。

火星的夜空闪烁着繁星，一望无际，充满了潜力和奇迹。